U0523754

如何阅读蒙田
How to Read Montaigne

[英]特伦斯·凯夫(Terence Cave) 著
见雷 译

重庆大学出版社

特伦斯·凯夫是牛津大学法国文学名誉教授,牛津圣约翰学院名誉研究员,英国国家学术院(the British Academy)院士。他的著作有《丰富的文本:法国文艺复兴时期写作的问题》(*The Cornucopian Text: Problems of Writing in the French Renaissance*),以及其他关于早期现代法国文化的著作。

目 录

IX		丛书主编寄语
XV		致谢
XIX		文本说明
XXIII		导论
001	1	记录心灵
017	2	随笔
035	3	哲学
055	4	信仰
071	5	有良知的思考
089	6	旅行
103	7	记录自我
119	8	对话
133	9	为未来写作
149		注释
157		年表
163		拓展阅读
167		索引

丛书主编寄语

我如何阅读
"如何阅读"丛书?

本丛书基于一个非常简单却又新颖的创意。为初学者进入伟大思想家和著作家提供的大多数指南，要么是其生平传略，要么是其主要著作概要，甚或两者兼具。与之相反，"如何阅读"丛书则在某位专家指导下，让读者直接面对伟大思想家和著作家的著述。其出发点是：为了接近某位著作家的著述之究竟，您必须接近他们实际使用的话语，并揭示如何读懂这些话语。

本丛书中的每本书，某种程度上都堪称一个经典阅读的大师班。每位作者都择录十则左右著作家原作，详加考察以揭示其核心理念，从而开启通向思想世界之整体大门。有时候，这些择录按年代顺序编排，以便了解思想家与时俱进的思想演变，有时候则不如此安排。丛书不仅是某位思想家最著名文段的汇编、"精华录"，还提供了一系列线索或关键，能够使读者进而举一反三有自己的发现。除文本和解读，每本书还提供了简明生平年表和进阶阅读建议,以及网络资源等内容。"如何阅读"丛书并不声称,会告诉您关于这些思想家,如弗洛伊德、尼采和达尔文,甚或莎士比亚和萨德,您所需要知道的一切,但它们的确为进一步探索提供了最好的出发点。

本丛书与坊间可见的这些思想家著作的二手改编本不同,正是这些人塑造了我们的智识、文化、宗教、政治和科学景观,"如何阅读"丛书提供了一套耳目一新的与这些思想家的会面。我们希望本丛书将不断给予指导、引发兴趣、激发胆量、鼓舞勇气和带来乐趣。

西蒙·克里奇利(Simon Critchley)
社会研究新学院　纽约

致　谢

我非常感谢尼尔·肯尼（Neil Kenny）对本书初稿的富有建设性和敏锐性的评论，尤其感谢基尔斯蒂·赛列沃尔德（Kirsti Sellevold），她不仅自始至终给予我支持和鼓励，也向我展示了认知模式分析对于解读蒙田的重要性。没有这个视角，这会是另外一本书。最后，我要感谢我之前所有的学生们：本科生和研究生，这些年来他们和我一起讨论蒙田，并帮我找到了合适且有成效的讨论《随笔集》的方式。

文本说明

蒙田的《随笔集》是用法语写成的。并没有哪一个译本能完全等同于原作。而蒙田高度私人化和独特的写作方式，则进一步增加了解读难度。早期的译本［比如著名的约翰·弗洛里奥（John Florio）的1603年译本，莎士比亚也知道它］并未严格遵循原文，因而对于当今的读者来说往往晦涩难懂。于是可以理解的是，现代的译者倾向于重新安排蒙田的句子，以使它们更容易理解。因此为了尽可能地接近蒙田的文本，保留其独特的句法结构，我给出了自己的翻译。在一两处关键的例子中，当我讨论一个词或词组的意思时，我会在英文翻译后面的括号中给出法语单词。想要了解所引段落的上下文，或想读《随笔集》更多内容的读者会在我的"拓展阅读"中找到关于几种译本的评论。

读者会发现在引用的部分有时会出现［A］，［B］和［C］三个字母。它们是指基于《随笔集》的创作年代而分出的三个类别：在［A］之后的文本出现在第一版中（1580年），标明［B］的文本首次出现在1588年版中，标明［C］的文本是之后添加的。之所以采取此种呈现文本的方式，乃是由于蒙田很少改动已经写出的东西，而是经常回到之前的材料，进行不同长度的添加，一个词或几页纸。此种方式的好处是展现了蒙田的思想随着时间的推移而发生的变化，但是却无法与出版的任何版本的《随笔集》完全对应。1580年版只包含第一卷和第二卷，第三卷是1588年版中加入的。如果引文前没有标记，那么它就出自［A］类型（出自第一卷和第二卷），或者出自［B］类型（第三卷），除非有其他标记。关于写作顺序的另一个细节，是蒙田在前两卷书中安排章节的顺序，并不对应写作顺序。因此，比如，第一卷第二十六章是在第二卷第十二章之后写的。

蒙田引自拉丁语作家的话在英语翻译中会以斜体给出，来源会在注释中给出。

蒙田的整本书的标题会用法语给出（*Essais*），而我们倾向于称为"随笔（essays）"的单篇文章则被称为——正如蒙田自己所说的——"章节（chapters）"。这两个步骤是为了不把"随笔（essay）"的现代含义和联想投射到 *Essais* 上，因为蒙田的时代还没有随笔这种文体。单个的章节会用"I.8"（第一卷第八章）的形式来表示。

导　论

p.1　"这是世界上唯一一种这样的书，在构思上既狂野又华丽。"米歇尔·德·蒙田（Michel de Montaigne）曾经这样描述过他杰出的随笔集。1580年，蒙田首次出版了他的随笔集，之后又不断地精练和增添随笔的内容，直到1592年去世。

《随笔集》（*Essais*）——蒙田这样称呼他的作品——是高度原创的人文主义和文艺复兴后期法国的拉丁文化的产物。在蒙田的童年时期，他的父亲就聘请老师与他用拉丁语交流，所以他掌握了法语和拉丁语两种语言。他的家族在经商中发了财，之后获得了贵族头衔。他本人则受过法律训练，并且在当地的司法和行政部门担任要职。1568年，蒙田的父亲去世。大约三年后，他放弃了公职，以便全身心地投入到家庭责任中。然而，这段"退休时光"也有另外的目的：使他有闲暇去读书、反思和写作。在很短的一段时间内，他开始创作日后构成《随笔集》的些许片段，这是他一生中出版的唯一的原创作品。

当一个人打开这本书，他会发现超过一千页的密密麻麻的文字，但是并没有明显的中心。蒙田好像在谈论所有事，他频繁又出人意料地转换主题，引用大量的现代读者可能不熟悉的文献、作者和事例，并且沉迷于引用拉丁语诗歌的片段，又通常并不说明谁写了这些诗歌。如果一个人想要在他的作品中寻找关于哲学、宗教或政治观点的陈述，他会找到很多。但是这些陈述几乎都会以谨慎的口吻被提出，展示某种暂时性的看法。它们会由留有余地的词或词组来表述（"也许""对我来说好像是"）。蒙田的许多读者假定蒙田一定持有坚定的立场和信念。即使这些立场或信念会随着时间推移而发生变化，那么在《随笔集》中一定也相应地体现出来了。这种解读设置了很强的预设，例如蒙田首先是一位怀疑论者，或者可以从蒙田的作品中辨别出现代自我意识的起源。当然，这些说法或类似的断言在一定程度上是真的，但重要的是，在阅读蒙田之前，不要把这些说法视为理所当然。

蒙田在《论交谈的艺术》中说："我们在这里关心的是说话的方式，而不是内容。"在《随笔集》中还可以发现许多类似的评论。如果我们关心蒙田对自己的目标和写作方式的设想，而不是他写作的内容，那么当你真正阅读这本《随笔集》并从内部感知它时，这本书作为一个你正阅读的对象的整体一致性就变得明显了。因此本书的研究以探讨蒙田的思考与写作模式为起点，之后再关注蒙田在哲学、信仰、道

p.2

德问题上的观点。相比于解决问题的方法来说，蒙田在上述问题上的立场就居于次席。其他主题——旅行、自我、对话——将聚焦于方法本身，这些方法通常以隐喻的形式展现。本书还将展示像自我这样的实体，无论是孤立的，还是与他人联系的，是如何作为记录心灵活动的产物而出现在蒙田的文本中的。

这种对于《随笔集》写作方法的强调并不只是美学意义上的"风格"问题。蒙田一贯对于自己如何思考，思想如何在头脑中流动深感兴趣。而且这种思想的流动由蒙田所用的语句、使用隐喻的习惯、使用副词的方式及其他的写作特点来塑形。如他自己所说，他摸索着前进，常常不确定前方的地形。这就是为什么他的书被称为"试验"或"探测"（"随笔"严格来说是一种误译）。他的反思是思想实验，而不是表明立场的命题或陈述。这些思想汇聚在一起，就构成了可能是曾见诸书面的最丰富、最具成果的思想实验。

这种看待蒙田作品的方式深深影响了《随笔集》的历史地位与该书对于现代读者的价值之间的关系。当然，蒙田会默认读者熟悉他所生活的历史时期：宗教争端、十六世纪的后三分之一时间里肆虐法国的宗教战争、法国君主制的危机、来自最近发现的"新世界"的报道。使自己掌握足够的信息来理解这些历史事实是读者的一个根本性任务，本书将在需要时，以尽量简洁的方式提供这些信息（必要时，年表也会提供）。还有一个更基本的问题是我们要把《随笔集》

主要看作文艺复兴晚期人文主义的产物，因而它饱含着那段时期的文化特点，还是把它当作一部已经非常现代的作品？答案是二者都是，并且任何可行的解读方式都要看到这两方面。在两个面相间穿梭，就像面对维特根斯坦在《哲学研究》中讨论过的鸭兔图那样，一会儿看成鸭子，一会儿看成兔子。（鸭兔图是一幅可以被看成鸭子头或兔子头，但是不能同时看成两者的画）。[1]《随笔集》是典型的"早期现代"作品：说它是早期现代作品是由于它预见了一系列我们所重视的主旨和态度，比如宽容、开放的心态，广泛的关于世界的世俗观点和敏锐的个体自我意识。然而，这些价值无法简单地从他的作品中摘录。它们每每出现于我们预料不到的语境中。作为过去文化的一员，蒙田算得上早期现代人。不过他对于我们来说，几乎是一个外国人，蒙田之于我们就像新大陆的"食人族"之于蒙田。为了把握其思想的细微之处，我们需要仔细聆听，并且熟悉他令人困惑的思维习惯。否则将仅仅建构起一个关于我们自身的镜像，此种解读方式并无任何意义。要想让与蒙田思想的接触富有成效，便不得不保留历史与现代之间的张力。因此，在某些关键时刻，我会选择在历史与现代视角间来回切换，以提醒读者注意这种张力。理想情况下，应该把鸭兔图里的鸭子和兔子作为一个生物来呈现，但是在说明文的线性叙述模式下，这是不可能的。

我们如何才能把《随笔集》描绘为一个整体，而又不违背其独特的多变特质呢？也许最好的方法是将其看作一部主要在寻求认知策略的著作：这些认知策略不仅可以处理抽象的思维问题，而且可以解决产生于现实世界中的各种矛盾，无论是宗教或道德的限制、疾病、性行为，还是与他人的关系。"认知"一词最近成为许多学科的核心关切，尤其是心理学和语言学。在这两门学科中，认知具有了特定的含义。虽然这两门学科的观点与《随笔集》以及阅读《随笔集》的方式密切相关，但是我仍将在不那么技术化的含义上使用这个词（尤其在这本书的后半部分）。通过"认知"一词，我想要表达出蒙田对思想的持久关注。在他看来，思想是一种需要以非评判的、非教条的态度来研究和记录的经验。他精练的写作模式正好满足以上要求。《随笔集》作为一部引发思考的著作和人类的智力资源，它的价值在其被创作出来四百多年后仍旧非常巨大。

1

记录心灵

p.7　　当我最近退休回家,决定尽我所能关心自己,在我的余生中,除了悠闲与独处,我不做任何其他事情,好像对我来说,心灵能做的最好的事情就是保持闲散,让其与自己对话,来找到安身立命的支点:有时我希望这样就能更容易地获得支点,并随着时间的推进变得更有分量和更成熟。但是我发现,与此相反,*闲暇总是使得头脑焦躁不安*,²心灵如脱缰的野马,它在反思自身上遇到的麻烦比思考其他事情要多上一百倍,这种思考产生了如此多的咯迈拉①和奇特的怪兽②,一个接着一个,毫无秩序或相关性,为了在闲暇

---

① chimeras,希腊神话中狮头、羊身、蛇尾的怪兽。——译者注
② 比喻奇特的想法。——译者注

时思考它们的怪异和荒谬，我就开始记录它们，以备日后再看时，自感羞愧。

1.8：《论闲散》

《论闲散》是蒙田最短的篇章之一（只有一页），而且正如这段话的第一句中的"最近"一词所证明的，也是最早的篇章之一。这与蒙田在三十八岁生日时（1571年2月18日）刻在图书馆墙上的，用以纪念他从公共生活中退休的拉丁文题词遥相呼应。事实证明这次隐退是不彻底的：蒙田在不久后被选为波尔多市市长，而且他在当时的内战中扮演中间人的角色，穿梭于交战各派的主要代表之间，发挥他的外交才能。但是，这种退回到内心的精神世界的行为实际上是决定性的，其后果是蒙田自己无法预见的。这段话表明，蒙田曾试图利用他的闲暇来发展一种更为融贯与成熟的关于生活的观点，也许这有点像个人哲学。写作好像并没有构成这项原初计划的一部分。但是从心灵中迅速涌现出来的是十分不同的东西，几乎可以说是"哲学"的反面：当他让心灵随心所欲时，只是意识到一股怪诞的难以捉摸的思想之流。

我们看一下第二句话（这一章的最后一句话）的展开方式。它的形式主要是借助联想，累积短语和从句，而不是建构一个合乎逻辑的、可预测的序列。事实上，它试图模仿

p.8

的是当思想摆脱了束缚后，思想之流的不稳定性和不可预测性。最后一个比喻在之前的几行中早已出现过，那时蒙田说心灵就像"按照无序的方式，在想象的模糊领域中到处奔跑"。现在这种说法被具体化为脱缰野马的形象，并且通过联想，它又召唤出更为狂野的野兽：咯迈拉，仅在想象中才存在的生物。

在蒙田的《随笔集》中，想象力是一个关键概念。在十六世纪，这是一种把感觉印象集合起来，并使其可被心灵所用的能力；它的近义词"幻想"很容易让人想起这种心灵意象不可靠的一面。幻想不能在真实与错误之间做出区分，并因此有能力欺骗人的理性。蒙田在《论想象的力量》（I.21）一章中提供了想象力发挥作用的标准情况的汇编，但是一如既往地带有个人特色。尤其是在关于男性性问题的段落中。其中"不守规矩的成员"的行为方式使人联想起 I.8 中的脱缰野马。"想象"和"幻想"也都可以用来指"观念"或"概念"，即心灵能力的产物，而不是指心灵能力本身。蒙田一贯选择这些词，而不是那些更为抽象的对等的词，这表明他不仅偏爱"具体化"的思想，比如隐喻，而且偏爱在某种意义上摆脱了严格理性限制的思想。

被引段落的最后一句话记录（register）了思想逐渐失去掌控的过程，它变成了不可预测的、纯粹的想象；它激发了一幅无限扩张的精神景象，而不是一个图式化的、受控的抽象观念的领域。要想让一种新类型的"控制"出现，就只有实现如下这一点才可以：写作活动可以捕捉思想之流，不是为了驯服它，而是将它的无序置于持续的审查之下。在这句话的最终部分，隐喻变为一种记录，一种可使作者随着时间的流逝，审视和评估他的思想历程，而不是使之消失在空气中的持续记录。登记簿或清单的概念在蒙田提到要确定和记录他的思想运动时反复出现（另见出自Ⅱ.17，第86-87页的引文）；他最常用以表达"记录"的法语动词是contreroller（或是它的同义词 mettre en rolle），它与英语单词"控制"相关，但缺乏约束和支配的含义。

p.10

　　这简短的一章被不经意地插在第一卷开头的其他不相关的主题中，读起来就像整本书的序言。它如此形象地展现了《随笔集》的写作模式的起源。相比于蒙田最终写的以"致读者"为名，并作为全书自画像的序言来说，这一章更适合作为阅读蒙田的初步指引。相比序言的界定来说，《随笔集》的写作更流畅，更变化多端。它记录的与其说是个人的品格，不如说是这个人的独特的思想流动。

　　骑马的隐喻在现代早期的写作中十分常见，但《论闲散》中脱缰野马的形象却其来有自。在1567年与1570年之间，在他三十多岁时，蒙田出了一次致命事故：当他在庄园骑马时，他被甩下马来，摔得不省人事。四年之后——这段经历曾被记录在随笔的第一版中，但是随后被删掉了——他在《论实践》（Ⅱ.6）中写下了这次濒临死亡的经历。这篇文章以对事故的记录作为开头：

我觉得我是完全的,并且离家很近,所以我不需要更好的坐骑。我选择了一匹舒坦但是不很精壮的马。在回来的路上,我遇到一个突发状况,而我的这匹马应付不来。我的仆人,一位又高又壮的男人,骑着一匹高头大马——这匹马性子执拗,精力充沛——为了显示他有多大胆,就执意要走到同伴的前面。他设法催促他的马全速前进,而这正冲着我而来。于是他就像一个巨人一样朝一个骑着小马的小个子男人砸过来①,这调动了他全部力量和重量的撞击,像一道雷霆,把我们两个都掀翻在地。结果我的马躺在地上,失去了意识。我躺在十几步远的地方,濒临死亡,脸被擦伤和撕裂,手里的剑又在离我十几步远的地方。腰带折断,身子不能活动,也没有感觉,就像一块木头。

这个生动的故事讲述起来就像发生在别人身上一样,带有明显的幽默与超然。事实上,这显然在某种程度上是一种重建,因为他不可能自己观察到在事故后,他、他的马和剑散落的细节。然而蒙田用令人屏息的笔触来描述,有力地展

---

① 指蒙田自己。——译者注

现了事故的混乱和严峻。

这种似乎在描述他者的叙述方式，在之后的情节上仍在使用：蒙田的仆人把他抬回家，以为他已经死了，但在路上他开始恢复生命的迹象，甚至能够开口说话。然而，文章记叙的焦点变为在事故发生之后的一段时间内，蒙田的平静而不加思考的意识状态。这种意识状态没有过去，也没有将来，死亡看上去即将发生，但是又不令人恐惧，这是这个故事的主旨。正如蒙田在该章的第一页所说，习惯和经验可以强壮自身，使人能够对抗痛苦、羞耻、贫穷和其他不幸：这就是标题"论实践"的意义。只有死亡是不能事先实践的。当死亡来临时，我们都是学徒。然而蒙田的事故给了他一次濒死的经验，一种没有痛苦和恐惧的体验。

p.12

蒙田仔细地记录了他的身体和心理在事故中的反应。换句话说，正如《论闲散》最后一句话所规定的，他要记录在心灵和与之密切关联的身体中发生的特别引人注目的事例。比如，他感兴趣的是心灵是如何重构了这次事故的虚假背景：他曾确信他是因为头部中弹而濒于死亡——他生活的地区彼时正受内战影响。在文章的最后，蒙田记录了他对这段记忆的关注，以及记忆本身的丧失与恢复。他说，过了很久以后，他才想起事故本身是什么样的：

> 我不想忘记以下这些：关于事故的记忆是我最后想起的事情，在我可以自己回想之前，我几

次让别人告诉我,我要去哪,我从哪里来,事故是什么时间发生的。至于我坠马的原因,他们隐瞒了我,来保护负有责任的人,并且编造了另外的人。但是很久之后,当我的记忆开始打开,并且为我再现了当我感觉到马压着我时的状态(我看到马紧紧跟在我的身后,我觉得我已经死了,这个想法如此之快以至于我来不及感到恐惧),这感觉就像是一道闪电击中了我的灵魂,伴随着灵魂的震颤,我从另一个世界回到了当时的那一刻。

就像我们之前读过的《论闲散》一样,这段话自始至终都未曾显露出追求华美辞章的痕迹。它的多个从句和插入语无一不在力图精确地再现时间与因果的序列。事实上,这种写法好像就是为模仿事故的记忆而设计的,蒙田回忆起事故是如何发生的:首先是时间与心理过程的指示;然后是原始事件;再之后在插入语的部分,记录了意识的最后时刻,即对于事故发生时的反应;最后是失忆本身的感受,即就像一道闪电。这一心理过程被忠实地记录在句子中:表面上杂乱无章的句法实则反映了心灵的运动。

蒙田是在事发多年之后写下的这篇文章。正如"我不想忘记以下这些"这句话所显示的,他是在重建并记录这场事故本身以及与之相关的感觉与知觉。按照它们的次序记录,将之作为当下的记忆或回忆的成果。在这里,记忆是在两个层面起作用的，一方面是经历事故的时间段，另一方面是四年之后对事故的回忆和记录。

在《随笔集》中，很少有这样的自传体情节，且没有一段有如此长的篇幅和如此少的中断：例如，在第一版中，这一章几乎没有引用任何诗句，而在其他章节，几乎每页都找得到引用的诗词。然而蒙田对这次事故的描述正为他呈现心灵的过程提供了一则实例。这一过程是有形、具体和直接的。这否定了认为蒙田是一个主要兴趣在于为抽象的观念史做出贡献的思想家的假设。在整部《随笔集》中，他展示了对于身体体验和身心之间日常交互的关注：正如他多次说过，"我们总是要与活生生的人打交道"（Ⅲ.8）。甚至他的抽象概念也处处充满着隐喻，通常是身体或身体运动的隐喻。[3] 那描写在事故中的记忆的最后一句话就是一个对既是心理的又是生理的过程的详明追想。

p.14

当然，这种写法可以追溯到十六世纪的作家。如果这一章在某种意义上预示了现代科学的思维方式的话（心理观察、创伤研究、神经心理学），那么它是通过以新颖的视角来探究当时流行的心身关系的概念来实现的。进一步说，这一章的重点是道德和个体，而非科学：他随后将这一部分称为"琐碎的故事"，并说它的唯一价值就是教会他如何熟悉死亡。

在第一版中（1580年），在这一段话之后这一章很快就结束了。然而，在《随笔集》成书的最后阶段，即1588年之后,蒙田又增加了关于心理过程探究的新颖性和自我研究的价值的段落。他在这些"后记(afterword)"[①]中的论述,呼应了《论闲散》的结束语:

> 只有两三个古人曾在这一方向上探索过;即使如此,我们也不能说他们的事业与我在此做的事情是否完全一致,因为我们只是知道他们的姓名。没有人继续他们的事业。跟随飘忽不定的心灵的运动是棘手的事业,比看上去还要棘手;去穿透隐晦的心灵深处;去梳理和确定其如此多微妙的阴影与躁动。

这是《随笔集》中的几个段落之一,这些段落表明蒙田有能力把握其事业的稀奇性和独创性,一如他能模糊地预见到这项事业的未来。事实上,新加入的段落表明了,《论实践》的原初文本代表了《随笔集》演进为对自我的反思实践的关键一步。

这篇文章的丰富性,以及蒙田用超过三页的篇幅来深化这一主题的自信,似乎是从对超过十五年前的濒死体验的记录中很自然地得来的。人们可以合理地得出结论:这次事故对于记录飘忽不定且难以理解的心灵运动的起源来说,扮演

---

① 指蒙田新添加的段落。——译者注

了重要的角色，尽管这一角色有些模糊。

然而，还有一个更复杂的问题。如果我们假设——如果从蒙田提供的粗略的时间参考来看，这是很可能的——事故发生在他退休前的一两年，那么为什么他要等待两三年才把它记录在案呢？在那段时间里，他已经写了关于死亡的章节：《做哲学就是学习如何死亡》（I.20）。他在第一卷第二十章里提到了他是在三十九岁生日之后的两周开始写这一章的，换句话说正好是他退休后的一年。正如经常被指出的，这一章充满了对死亡主题的经典文献的引用，其中穿插着蒙田准备好面对自身死亡的评论：

p.16

> 前几天有人翻我的笔记本，发现了一份备忘录，是关于我想在死后做的事情。我告诉他，这确实是事实，虽然我离家只有一个里格①，身体健康，精神状况良好，我还是要赶紧写下它，因为我不能确保我能平安到家。

如果某人按顺序读《随笔集》，很容易将其理解为一个人在壮年时期所体现出的坚忍的勇气。但是既然我们已经知道蒙田在离家不远处骑马时，已经有了与死亡的亲密接触，这使得蒙田对时间的焦虑和生命的不稳定感不只是停留在抽

---

① 古老的测量单位。——译者注

象层面上:它完全是有具体动机的(宗教战争期间当地骚乱的可能性毫无疑问也是不安全感的因素)。然而蒙田没有在文章中提到事故。直到一两年之后,他才有了为那次事故写新的一章的想法。当他为1580年版本的第一卷和第二卷安排章节顺序时,它保留了这种分离,而不是把这关于死亡的两章放在一起。这与他关于其他主题的处理不同(比如,第一卷关于教育的第二十五章与第二十六章,或者关于荣誉与自命不凡的第二卷第十六章和第十七章)。

这种在我们看来是明显怪异的处理自传性材料的方式提醒我们,蒙田的习惯不是我们的习惯。自我反思,即记录心灵中的思想之流,是《随笔集》的中心作用。但是这种作用是逐渐发展的。它会通过文本记忆、典故、引用等方式呈现,自传性的叙述只是会被简洁地、间歇性地使用。为了理解蒙田处理这些高度个人化的材料的方式,我们需要更仔细地研究他所熟悉的写作模式,后者为他著作的源起提供了首要的背景。

2

随 笔

p.18　　历史是我所好，诗歌，我特别喜欢。正如克里昂特斯（Cleanthes）所说，当声音被迫通过狭窄的喇叭管时，听起来更大声、更尖锐，同样的，当思想被诗歌韵律所束缚，会更有力量，更能打动我。至于我自己的自然天赋——这部书对它是一种测试——我感到在这种压力下它们屈服了：我的概念和判断只能摸索着前进，步履蹒跚，跌跌撞撞。当我已尽己所能，我仍旧不能感到满意。我可以看到远处的地形，但模模糊糊。我承诺要仅用我自己的天赋，来无差别地说出出现在我思想中的所有东西，会发生的是——这确实经常发生——我会碰巧与名家谈论着相同的主题。比如，最近我读到普鲁塔克（Plutarch）关于想象力的论述，我意识到同他相比，我是如此虚弱无力、笨拙迟钝，我自怜自贬起来。然而，我会称赞我自己的是，我的观念与他们保持了一致，[C]至少我远远地跟随着他们，并且对他们的观点说："是的，这是对的。"[A]我也拥有辨别我与他们不同之处的能力，并不是所有人都有这项能力。除此之外，我仍旧发表我的浅陋之见，不因比较所展露出的缺陷而用名人的话来粉饰和遮掩。如果你想与名家肩并肩前进，你就需要坚定。我们这个时代的没有眼光的作家却反其道而行之，他们在毫无价值的作品中，照抄古代名家的语句来炫耀自己。

p.19

I.26《论养育儿童》

蒙田在关于教育的这一章的开始时声称，他对于技术性较强的学科，比如医学与法律，只是略懂皮毛，更不必说在他那个时代流行的，系统而又晦涩的亚里士多德哲学。[4]这一说法解释了《随笔集》的随意且非学术化的特点，而且体现了蒙田有意将自己定位于当时学术界的边缘的策略。在《随笔集》中随处可见的对于古代或当时的名人轶事的列举，和不可胜数的对拉丁语诗歌的引用，体现了蒙田对历史与诗歌的偏爱。二十一世纪的读者很可能会认为，蒙田对拉丁语的熟悉标志着他是一名学者，但事实并非如此。在蒙田的时代，拉丁语是所有教育的基础，并且——正如他在本章后面告诉我们的那样——他的父亲在他很小的时候就尝试让他像母语那样读、说拉丁语。

然而在正规教育与更平易近人的历史与诗歌之间的公开对立很快就被另一对立取代。严守诗词格律的语句结构不是蒙田的特征。这种句法是高度对称的，第一部分的每一元素都与第二部分高度平行，并且采用明喻的形式（"就像……也是……"）。蒙田更多使用的则是隐喻，将喻体与其代表的东西融合在一起，正如开头的那句话"我的概念和判断只能摸索着前进……"。在这里，注重喻体的有形的和日常的特征完全是蒙田的风格。他因此激发了另一种诗歌形式的美，这种形式使他回到不那么结构化的写作之中。这更接近于即兴创作。好像为了展示这一点，他的句子表现出更少的条理和更多的开放性。它们彼此联结，由重复的"与"和其他相似的连接词联系，以至于在这些非凡的段落中，事实上很难决定一句话的开端与结束。

明显的插入语"这部书对它是一种测试"提供了写作方式从诗歌跳回到随笔的关键点。随笔才是蒙田自然的写作方式。他经常用副词"这里"来表示他的作品是一个进行不断探索的地方，而且在以上插入语中，我翻译为"测试"（putting to the test）的词，他使用的是essai这个词。蒙田越来越频繁且自信地用这个词来描述他的思考与写作的性质（同时界定这两者）。直到1580年，第一版出版时，这个词成了书本身的标题。这个法语词的本意是"测试"或"试验"，在十六世纪，它并非用来指代一种文学类型。组成随笔集的单篇文章被称为"章节"，而不是"随笔"。"随笔"所表示的不是一种文学体裁，而是一种思考与写作的模式。从这个词的语义出发，蒙田把他写下的思想，界定为"试验""尝试""试探"。人们经常会在蒙田的文章中发现这个词，尤其是在反身形式中"我自己尝试"（"jem essaye"）。这层意思也会在其他的章节标题中，由同义的词来回应，比如《论实践》，正如我们已经见到的，这一主题在该章的结尾明显地体现出来。再比如最后一章《论阅历》（*On experience*）。

p.21

　　蒙田选择"随笔"作为书的标题产生了一个他未曾预料的结果：这个词后来成为一种非正式散文写作体裁的名称，蒙田则被认为是创始人。所以我们说蒙田写作"随笔"是很自然的。这虽然很自然，但是深具误导性：随笔这一文体，尤其是被后来的英语作家所重塑的那种类型［查尔斯·兰姆（Charles Lamb）是经典的例子］，在读者心中建构起完全不同的预期。它所具有的是《随笔集》中完全不存在的美学特征。与此同时，它也缺少对于作者思想之流的持续关注，而蒙田使用"随笔"一词是注重这一点的。即使是像"哲学随笔"这样的文体也没有抓住以上特点，而这一点在上文所引的《论闲散》的隐喻段落中却有着明显的呈现。在这里，我们先在未知的领域里摸索前进，然后思想就像摆脱了束缚的小狗——代替脱缰野马的隐喻——自由地奔跑。对诗歌结构及其运作方式的反思促使蒙田去想象一种非常不同的，属于他自己的思考与写作方式——"测试（essaying）"①或"探测"模式，这种模式，结果是不可预期的，而且通常是暂时的。

我所注意的语言结构——这种松散的、探索的模式——至少在部分上源于经典文献。尤其是塞涅卡（Seneca）在给卢修斯（Lucilius）的书信中所体现的风格。蒙田的几个章节（包括这一章）事实上是按书信的格式写的，通常是写给他熟悉的出身良好的女性。书信体的非正式、私人性的写作模式是《随笔集》写作的主要参考。事实上，蒙田在对第一卷第四十章（《对西塞罗的反思》）做后期补充时曾断言，如果他有合适的人通信的话，他很乐意用书信的形式出版他的思想。

在文本创作的层面，他承认——就在之前引用的段落，并且经常在其他地方——他都受益于古希腊作家普鲁塔克。普鲁塔克就各种各样的论题写过非正式的文章（某种类型的"随笔"），由于蒙田对希腊语还不是那么了解，他是在最近出版的雅克·阿米奥特（Jacques Amyot）的法文译本中读到了他。然而，对于当代读者而言，蒙田著作最容易辨认的特点是，各种各样来源不同的材料，以摘录或杂记的方式，分别归属在不同的主题之下。在文艺复兴时期，摘录的重要

---

① 即随笔。——译者注

性，无论其自身还是作为写作模式，都得到了广泛的认可。[5]学生被鼓励阅读经典的拉丁文和希腊文著作，手里拿着笔记本，收集参考书和可引用的段落，这些在他们之后的写作中都用得上。这种现成的汇编也可以在市场上买到，并且显然卖得很好。其中最著名的是伊拉斯谟（Erasmus）的《格言》（*Adages*），该书收集了大量古代格言，并附加了评论，其中包含了大量的进一步的引文。[6]蒙田的书属于这类杂记作品，同时又具有高度的个人特色。正如他在《随笔集》其中一章，《论面相》中所说：

p.23

> 正如有些人可能会说，我所做的是把一堆外国的花朵放在一起，我自己唯一添加的东西是把他们捆绑在一起的线。

用蒙田自己的话说，他的文章里充满了"借用"：诗歌的引用尤其明显，但也包含大量的散文，尤其是来自说拉丁语的历史学家和道德学家。这些散文因为由外语写就而被标记为引用，但是作者的名字却经常被省略。学者们指出还存在大量隐秘的引用或半引用，这些引用都被吸收进蒙田自己的文章里。比如，在上文所引的《论养育儿童》中对诗歌的评论，蒙田将之归功于克里昂特斯（Cleanthes），但实际上这些评论是对塞涅卡的转述。[7]

这种写作习惯构成了更为广泛的人文主义者的"模仿"

实践的一部分。至少在北欧,伊拉斯谟再次成为首屈一指的典范。蒙田应该熟悉伊拉斯谟对之前作家的模仿技巧:这首先要求详尽的阅读,然后进行占有或"消化"的过程,最后把这些已消化的材料,作为作者自己的(论述)来重新表达。[8]这种方法通常被教师们使用,无论是在大学授课或在富裕人家的私人教学中,这种方法都为十六世纪的年轻人(偶尔也有女人)提供了触手可及的文化技能。

蒙田在本章的开始,讨论了教育。他批评了把亚里士多德逻辑作为一切学习之基础的旧的"学术"传统,也批评了"那些不了解自身时代的作家"把引用古人的词句仅作为修辞来点缀文章的做法。他认为后者是对新的人文主义方法的误用(事实上,我所引用的段落又沿着这一方向讨论了两三页,后面又加入了很多额外的评论)。有时蒙田也会反思自己写作的这一方面,对散见于他作品各处的外文文献表现出相当的警觉意识。那么,蒙田如何为自己的方法辩护呢?在《论养育儿童》的段落中,蒙田最初的语气是自我贬抑的:他没有办法与形式完美的诗歌抗衡,他的思想犹豫且跌跌撞撞,与古人的伟大作品相比,他的写作软弱无力,缺乏实质内容。然而,与此同时,一种自信感出现了。蒙田至少意识到自己的能力。他知道什么适合他,他想要如何写作,并且找到了适合他的风格的隐喻手法。他还认为自己独立形成的想法与普鲁塔克等作家的想法一致。最重要的是,在稍后出现的一句极为简洁的话中,他断言他说的每一句话的所有权都归他自己，无论这句话来自哪里："我引用别人，是为了更好地表达自己。"与之相似的，是在《论面相》里，他继续说，虽然他引用和借用了大量的东西，但他对待引用是有些粗心大意的，他没有太在意引文的出处，或自己是否记得正确。引用仅是他认为必须遵从的当时的风尚。如果他足够相信自己，他会冒险只用自己的声音讲话。从现代的角度看，我们很难去欣赏这种大胆的想法，这不仅仅是虚伪。用自己的方式表达是现在几乎人人都试图做的事。然而在十六世纪，事实上，没有人做这样的事。所以仅是提出这样的想法都是有历史意义的。对于这种可能性行为的设想本身就足以改变一些事情。它在文艺复兴时期的写作实践中创造了一种突变。

p.25

现在更容易理解为什么蒙田关于死亡的早期章节（I.20）先于他对骑马事故的详细记录。该章节是对前人作品的高妙摘录，其中诗歌的引用（许多是后来添加的）尤其突出。在他对一些问题与观念进行"论述"的早期阶段，蒙田仍旧保留了他那个时代的写作习惯。尽管他也融入了一些个人材料，比如他的生日，他外出骑马时写备忘录的轶事。然而只有当他对自己要说的话和自己的经历的价值有信心时，他才会用整整一章的篇幅来记述他与死亡的独特遭遇。

我已经说过蒙田的写作习惯，但是他自己更倾向认为自己是在纸上说话（或思考）的人。在第一卷第二十六章的结尾，他把自己偏爱的模式称为说话模式。"简单又自然，在纸上与口头上是一样的"。他的模式是日常口语模式，其目的在于交流。[9]正像在书信写作中,会预设一个并不太遥远,有人情味的读者,就像是某个朋友。或者它也可以被表达为一种即兴创作的模式:只有当它避免了刻意设计,并且记录下思想的随意流动,"随笔"才是真实的。

然而,随意性不应该从字面上来理解。单个章节的结构是非正式的,因为它避免了正式论文的固有秩序和整齐划分。但是各主题和论证的展开过程中,通常都有隐含的逻辑。起初看起来是题外话的部分通常都与主题高度相关,表面上毫无关联的各章节之间通常是有机联系的,比如《论马车》(*On coaches*)和《论瘸子》(*On the lame*)。通过各章的并列创造了意想不到的意义的可能性。许多章节有序言部分,直接或间接地引向主题(I.26是一个明显的例子),还有一些章节,通过主题词汇创造了一系列不明显的主题联系:体现在主题词的形式变体或复合词中。比如,《论忏悔》(III.2)。这种通常被认为是文学技巧的手法,其审美上的作用只是附带的。它们真正的作用是提供一种方法,使蒙田可以为思想这匹脱缰的野马,画一幅精准的路径地图。在更大的结构尺度上,它们显示了蒙田那微妙的语句的走向。人们也许会说整本书就是一个冗长的句子,无限延长、终止、展开并再一次延长,对于反思所能带来的任何东西保持开放,然而又不脱离控制。

蒙田最初并没有计划写三本书,或事先精心设计书的结构。在《论友谊》(I.28)的开篇,我们可以一瞥蒙田最初是怎么组织他的作品的：

> 考虑到我家雇用的一位画家的工作方式，我发现我也想照着做。他在每面墙的中心选择最吸引人的地方，并且倾注所有的技巧来创作；至于周围的空间，他画满怪物，这都是些奇异怪诞的东西，用其多样与怪异来展现魅力。我写的又是些什么东西？无非是把不同的肢体拼在一起构成的怪异丑陋的身体。没有确定的形式，没有秩序、顺序或比例的纯粹偶然的东西。
>
> 美女的身躯长着一条鱼尾巴。[10]
>
> 我可以在第二阶段跟上我的画家，但是就第一阶段来说，即最高级的阶段，我仍旧无法企及。因为我的能力不足以让我画一幅符合艺术规则，并且丰富、精美的画作。我决定去借重艾蒂安·德拉博埃西（Estienne de LaBoétie）的文章，使我这部作品的其余部分得以沾光。

蒙田原本计划出版他的朋友拉博埃西（在1563年去世）的一篇关于政治理论的极具预见性且才华横溢的论文。这篇论文将作为整本书的核心，而蒙田的作品则充当位于边缘的涂鸦。然而，在《随笔集》第一版出版之前，这篇论文已经被新教徒作为捍卫自身事业的小册子出版了。蒙田对此深感遗憾,却又不想被卷入这场宗教纷争,最终他用拉博埃西的二十九首爱情十四行诗来代替。在1588年的版本之后,这种编排被放弃了,使得"绘画"的位置被空了出来。现在,"怪异的涂鸦"占满了整本书。

很难想象如果蒙田实现了他最初的意图,《随笔集》会变成什么样。拉博埃西的论文真的能在蒙田自己文章的集子中占据核心地位吗?那样一种呈现方式会怎样改变我们阅读和诠释这本书的方式?可以确定的是,在早期的版本中,拉博埃西的十四行诗仅是一个插入部分。随着蒙田作品愈发重要,它们逐渐被边缘化了。另一方面,蒙田的"他的书没有一个组织中心"的理念,仍旧是他整个写作计划的基本。我们也可以看到,他对于写作的隐喻"把不同的肢体拼在一起构成的怪异丑陋的身体。没有确定的形式,没有秩序、顺序或比例的纯粹偶然的东西"与第一卷第八章提到的"咯迈拉和奇特的怪兽,一个接着一个,毫无秩序或相关性"是一致的。而且对于贺拉斯《诗歌艺术》(*Horace*)的引用把我们带回到在《论养育儿童》开篇所涉及的对立中去,即诗歌的规范格式与蒙田的非正式的随笔写作之间的对立。贺拉斯在他的诗论的开篇,告诫初露头角的诗人,要注重诗歌的格律与连贯,要避免混合不同的材料和体裁所造成的"美人鱼"效应。蒙田在这里引用了贺拉斯著名的段落,来表明自己坚定地站在美人鱼一边。

多年后,在《论虚空》(Ⅲ.9)中,蒙田让读者回顾了自己的作品是如何形成的：

> 读者们，让这部随笔的第三部分由着我一篇篇地写下去。我增添，但不修改。首先是因为当一个人把自己的作品抵押给世界，他就没有权利再改变它。如果他可以，就让他另外拿出更好的作品，而不是糟蹋已经卖出的成果。不然的话，对于那种不断修改作品的人，在他们死前，人们都不该买他的作品。让他们在出版前，仔细想想清楚。谁催促他们了？[C] 我的书始终如一：除非当后来的版本问世，为了不让购书者空手而归，我允许自己增添一些内容（只是一些拙劣的贴片）。它们只是锦上添花，并没有否定最初的版本，通过此种精益求精，为后来的版本增添了特别的价值。然而，可能发生的是顺序的改变：我的故事往往按照最适合它的位置编排，而不是仅根据发生的时间。[B] 第二，就我而言，我害怕修改后反而大不如前：我的理解不是一直进步，它也会退步。我不相信我的第二版或第三版一定不差于第一版，我现在的思想一定不差于之前的思想。

p.29

这与我们已经看过的早期段落是完全一致的，不过现在又考虑到了，在现存章节中增添新的内容所造成的文本的

"分层"和顺序的调整。而且在大量的不动声色的反讽中，它断言了这本书的统一性，虽然从表面上看来，这本书是不同材料的大杂烩。此种统一性体现在本书的各个面向。在整个创作过程中，主题、关注点和态度被不断重申，风格与视角亦高度一致。我们已经看到，蒙田对自己写作方法的界定在各章之间是相互呼应的。在不同章节，他使用了一系列相关联的隐喻来描述自己的写作手法。倾听这些呼应是阅读《随笔集》的有益方式。然而，更重要的是要意识到这本书的统一性主要不在主题的一致性上：恰恰相反，其主题的扩展往往超出人们想要将其简化为单一论点的企图。当然，为了给蒙田试验他的判断力提供原材料，思想的主题理所应当要不断扩展。"试验"本身，或者说试验的行动，成为统一全书的原则：因此，书的标题"随笔[①]"又一次出现了。如果我们把这一方法类比作"句子的结构"，那么我们可以说，句子的宾语可以无限地增加，而动词保持不变——或者说，动词和主语保持不变。蒙田在《论面相》（见上文，第23页）中提到的说法正是这个观点。一个第一人称单数动词，微妙地把这些年来所有的话题连接在一起。这是一条有无限弹性的绳索，既可以让心灵中的怪异动物肆意奔跑，又可以让主体"控制"它们，记录它们的一举一动。

---

① essais，即试验，尝试。——译者注

3

哲　学

p.31　　看一下皮浪派（Pyrrhonian）哲学家们，他们不能通过任何谈话来表明自己的一般观点。因为他们需要一种新的语言。我们的语言由肯定句组成，他们的则完全不同。所以，当他们说"我怀疑"，一个人就可以立即抓住他们的脖子，让他们承认至少他们确定并且知道他们在怀疑。因此他们不得不去医药中去寻找类比，否则他们的怀疑态度就得不到解释。当他们宣称"我无知"或"我怀疑"时，他们说这命题本身就与其他命题一起被怀疑了，就像大黄，它排除了有毒的体液，同时也排除了自己。[B] 这种思维模式可以由问句的形式来更好地表达："我知道什么？"，我把这句话作为格言，铭刻在天平上。

Ⅱ.12：《为雷蒙·塞邦辩护》①

---

① 以下简称《辩护》。——译者注

这一段落出自《随笔集》中最长的章节。蒙田两次评论过它的长度。因此，这一章不可避免地引起了注意，自该章被收入起就已经这样了。这一章的不同寻常之处还在于，在二百多页的篇幅里，蒙田差不多都在探讨一个单一主题（获得确切知识的不可能性）。这些特点使得很多读者将这一章视为哲学论文，甚至是作为宣称一种思维方式的宣言。短语"蒙田的怀疑论"经常被使用，好像《随笔集》理所应当的是现代早期欧洲传播极端怀疑论的工具。[11]这一问题因为该章的标题而更为复杂，其标题是要为十五世纪的神学家雷蒙·塞邦（Raymond Sabunde）辩护（蒙田通常拼写为Raimond Sebond）。因此这一章间接地提到了信仰的问题，当然这并非不重要。接下来，这两个主题将被分开：当前的这一章处理哲学的主题（主要是关于怀疑论是如何在《随笔集》中呈现的问题），而下一章将讨论《辩护》的辩解作用以及宗教含义。

我们首先应该想到，尽管篇幅很长，但是蒙田的那一章不是作为专业哲学著作出版的孤立论文。它的意义与作用是由它在《随笔集》中的位置，以及我们在前两章讨论过的写作实践决定的。对于蒙田来说，希腊、罗马的哲学只是文艺复兴时期人文主义者习惯引用的古代作品中的一部分。就像他那个时代的其他作者，他的思考是旁征博引、兼收并蓄的，并且会首先关注与人类实践经验相关的哲学问题。因此，他既怀疑亚里士多德哲学传统，又怀疑新柏拉图主

p.32

义。前者将整个思想体系建立在高度技术化的逻辑基础上；后者则在十五世纪后期和十六世纪早期颇为流行，注重强调先验性，并因此蔑视具体和日常的事物。我们可以看到，蒙田更偏爱普鲁塔克的非正式的哲学反思，举一个突出的例子，他在《辩护》的收尾阶段直接借用了普鲁塔克，并间接地承认了这一点。[12]对于蒙田与同时代人都具有的兼收并蓄的写作特点来说，随笔的写作标志着一个特殊的转折：古人的观点只是可供探索的暂时的东西，而不是用来照搬照抄的体系。

在那种背景下，《辩护》更像是对各种哲学观点的考查：从动物行为到各种宗教信仰，以及关于灵魂本质的各种假设，文中充满了引用和对知名哲学家观点的转述。在这里，试验①的原则几乎被运用到了夸张的地步。本章的主旨是批评人类关于知识的自负，开头有一句话，被括号括起来，似乎被蒙田赋予了一种明确的随意性："因此让我们*暂时*考虑人们自身，没有来自别处的支持，仅剩下人自身的能力，神给予的组成人类荣耀、力量和存在根基的恩典与知识统统被剥夺"（斜体字为特伦斯·凯夫所加）。蒙田的这段引用试图描写皮浪派思想的矛盾本性，这只是数百次对原典的引用之一，不值得特别重视。

为什么皮浪派怀疑论被视为《随笔集》的核心，以至于蒙田通常被认为是怀疑主义思维习惯——这是某种意义上非

---

① 即随笔一词的本意，试验、探测。——译者注

常现代的思维习惯——的开创者?"皮浪派怀疑论"在这里是什么意思?也许回答这两个问题的最好方式是将上文所引的部分和《辩护》中最早提到这一哲学流派的部分联系起来思考。在对一般人类知识的失败做出相当长的探索之后,蒙田把讨论的焦点集中在几位公认的哲学家的成就上。如果他们不能提供知识,那就没有人可以了。蒙田把所有已知的哲学分成三大类:第一个,也是最大的流派,包含独断论哲学家,比如亚里士多德派和斯多葛派,这部分哲学家宣称他们已经找到了真理;第二个流派(苏格拉底哲学或"学院派怀疑论者")由坚持认为我们一无所知的哲学家构成;第三个流派的哲学家认为我们无法确定是否能找到真理,但仍要坚持寻找。这即是皮浪派,他们的怀疑如此极端,以至于自己也被怀疑。虽然"独断论"在本章中也被大量引用——本质上是为了展示他们观点的相互矛盾——蒙田仍旧在皮浪派上花了大量时间来呈现和解释他们的观点,比如以下段落:

> 他们的说话方式如下:"我什么也不确定""这个与那个差不多,或两者都不对""我不理解""两种情况看上去是一样的:支持和反对都是合法的"[C]"没有东西好像是真的,也没有东西好像是假的"。[A] 他们最神圣的词是epecho,即是说,我弃权,但我也不让步。这与其他类似的表述表明了他们的克制。他们创造了

p.35

一种纯粹、彻底和绝对的对于判断的抑制与悬置。他们用理性询问和讨论，但并不盲目地终止与选择。任何可以想象永久的无知，并且在任何可设想的情况下都保持不偏不倚、毫无偏好的判断的人，都会领悟皮浪主义的本性。我尽可能地表达这种思维方式，因为许多人认为它难以理解。甚至是作家们也表达得多样与含糊。

相较于简单提及的其他两种哲学，他对第三种哲学表达了明显的偏好。他具体使用了皮浪主义的术语，比如在该段开始列举的"怀疑论的表达方式"，以及希腊词汇 epecho，同时努力让不熟悉的法国读者明白它们的意思。这种努力表明了蒙田对皮浪派的赞同，蒙田著名的格言"我知道什么？"（Que sais je?）和代表着"在任何情况下不偏不倚的判断"的天平符号也表明了这一点。《辩护》的后半部分提供了更多的关于皮浪派理论特点的解释，比如缺乏判断真理的可靠标准。所以把这一章看作蒙田的哲学自白并不会让人感到奇怪。

p.36 当蒙田提及"作家们"，他指的是古典作家——首要是西塞罗和晚期希腊著作的编纂者第欧根尼·拉尔修——他们把皮浪派怀疑论的基本信条传递给文艺复兴时期的人文主义者。但是众所周知，与大多数文艺复兴时期的前辈不同，蒙田可以借鉴更为完整的皮浪派学说，即塞克斯都·恩披里柯（Sextus Empiricus）的《皮浪主义概要》（*Outline of Pyr-*

rhonism）[13]，由法国人文主义者亨利·艾蒂安（Henri Estienne）在1562年首次由希腊文翻译为拉丁文。无论蒙田在开始写作《随笔集》时有没有见过这本书，都有强有力的证据表明他对于皮浪主义思想的兴趣可追溯到十六世纪七十年代中期：在那个时期，他有了刻有天平图案的徽章，[14]并将《辩护》里引用过的怀疑论术语和其他简洁的语句题写在书房的椽子上。这一章本身，或至少它的主要部分以及重要的概念，可能也是成型于那段时期。

《辩护》并没有提供超出十六世纪末人文主义学者了解范围的、有关皮浪主义的新的材料。它只是对只要会读拉丁文就可获得的材料进行了重新解读。然而，这对思想史有重大的贡献。通过以易懂的法语摘录极端怀疑论的核心术语与论点，《随笔集》这本书从首次出版的1580年开始就成为畅销书。不仅法文版得到广泛的传播，英文和意大利文译本也同样如此。蒙田无意之间使得怀疑论思想在半个世纪内，成为欧洲本土思想的特征。读这本书的人不仅有博学的学者，也有其他各种受过教育的人，他们发现自己所面对的是蒙田对令人疑惑的皮浪主义的悖论所进行的充满想象力的描述。

这些说法是无可争议的。然而后人对《辩护》的解读也可能误导我们对文本的理解，使我们无法把握其在《随笔集》语境中的意义。二十世纪初的学者皮埃尔·维里（Pierre Villey）对各章节的成文年代进行了艰苦的考察，并设计了由三个阶段构成的蒙田思想传记：他认为蒙田在面对痛苦与死

p.37

亡时,广泛地坚持了斯多葛学派的坚韧理念;在十六世纪七十年代中期,他经历了一场"怀疑论危机",这一点在《辩护》中展现出来。在那之后,1580—1581年,他从意大利旅行归来,最终形成了一种个人享乐主义,这一点在第三卷中有详尽阐述,不过在后来添加到前两卷中的内容里也有体现。这种解读是如此可信和有影响力,时至今日仍被广泛引用并得到尊重。然而,基于若干理由,它是有问题的。最重要的反对意见是蒙田一生中从不是,也不曾想成为一名从一种哲学立场转变为另一种哲学立场的"思想家"。斯多葛派的某些思想确实在某些早期章节里十分显著(参见之前讨论过的 I.20,《做哲学就是学习如何死亡》)。但是它们遵从随笔的写作规则,并没有固化成一贯坚持的教条。同样地,并没有证据表明蒙田经历了一次"怀疑论危机"。维里的这一著名术语是以二十世纪初许多年轻法国知识分子的人生经验——他们失去了从小就获得的基督教信仰——为背景,反观蒙田的产物。更广泛地说,这种反观预设了一种思想史:文艺复兴晚期一定代表了一段危机与怀疑的时期,它预示了十七世纪的自由思想运动(free-thinking movements),为笛卡尔的新理性主义清除障碍,并且预示着宗教的衰落和世俗的现代世界的到来。在这种叙事中,《辩护》作为关键的篇章出现,而蒙田则是现代怀疑论世界观的预言者。

要摆脱这一叙事是困难的。我们要通过把握在蒙田自己的时代,即后来的历史还没有发生的时代,《辩护》的作用和意义是什么,来抵消那种叙事的影响。要做到这一点的一种方法是进一步地理解"《辩护》是把随笔的写作方式运用到极端的一章"这句话。这不是因为它的长度,也不是因为那令人困惑和出人意料的对不同哲学观点和论证的引用。《辩护》是随笔的化身,是因为它所坚持的皮浪派思想是一种永远悬置判断,不确认某个单一观点或立场,保持永恒的探索的哲学。没有其他的哲学能如此开放,可以让心灵对它可能的对象发挥无限的和不定型的作用。换句话说,在《论闲散》中令蒙田着迷的难以捉摸的思想之流,在哲学上与概念上就等同于皮浪主义。如果在他写《随笔集》之前,他读过塞克斯都·恩披里柯,这就可以解释为什么蒙田可以用相应的术语来构想他的思想与写作。更有可能的是,想要记录他的思想变化的想法是他在刚退休时产生的,之后,大概过了五年,《皮浪主义概要》的发现压倒性地支持了他的想法。

"压倒性地"一词在这可能是再恰当不过。《辩护》那不断扩展的篇幅,在展示相互矛盾甚至有时是彻底荒谬的哲学观点中不断地回归到皮浪派原则,这一定使人觉得这是蒙田的封笔之作:在这之后还有什么可写的呢?与此同时,蒙田对规范的哲学有本能的反感,它们有技术化的术语和抽象的论点。在这个意义上,皮浪主义与其他哲学是类似的。《辩护》展示了蒙田十分理解皮浪主义的原则,但是只要将这一章与《皮浪主义概要》一起读一下,就能意识到二者有多么不同,也可以意识到蒙田在把怀疑论改造成他自己的思考与

p.39

写作模式上走出多远。即使是在本章中密集讨论皮浪主义的时刻，他也没有简单地把皮浪主义作为自己偏爱的哲学。他与之争辩，对其重塑，并与之保持距离。蒙田曾随兴所至批评起人类对知识的自负——标志这一批评开始的话语表明了这一点，还有很多其他的段落，表明蒙田允许他的论述远离皮浪主义的这一极端观点，比如，为知识进步的概念或可行的论证留出空间。最引人注目，也最著名的是，有两到三页，大约在全文的四分之三处，他突然改变了语气，并且警告这位匿名的公主——《辩护》就是写给她的。[15]通过这位公主，进而警告他的读者们，除非在极端必要的情况下，要避免这些潜在的危险论点：

> 宝剑的最后一刺应该作为万不得已的手段来用。这是绝望的战术，你不得不放弃自己的武器，来使对手放弃武器。这是隐秘的诡计，应该极少使用并有所保留。为了伤害别人而伤害了自己，这是极其轻率的……我们在这动摇了知识的界限和最后的藩篱……

这些言论，以及在整个过程中近乎强迫性的表达，给人一种过度和危险的感觉，可能部分归因于蒙田从私人立场向公共立场的转变：他正在直接与一位地位高贵的人交谈，所以他需要在有可能面临"不负责任的极端主义"指控时，为自己辩护。如果这段话是一个序言，是印刷在正文之外的初步预警，那么这种解释也许是充足的。但是事实上，这段话是作为插入语出现的，深埋在《辩护》的正文里。人们可能因此猜测，这代表了蒙田自己对他所追求的论点的潜在危险的回应。这好比是在该章中明显的不可阻挡的潮流中，突然出现了交错的水流。

为什么皮浪派观点会引起一个十六世纪末期的聪明博学的畅销作家的焦虑？蒙田在所引段落中给出了两点提示。第一，他想到这些观点被用在辩论中。在辩论中这些观点可以成为破坏对手立场的潜在武器，但是与此同时，也破坏了你自己想要采纳的立场。既然蒙田喜爱非正式的辩论（参见本书第八章），所以他能意识到这种潜在的破坏作用就不令人奇怪了：原则上，皮浪主义可以导致有意义讨论的完全崩溃。第二个提示更令人担忧，尽管不那么精确。极端怀疑论把人带到了知识的边界，并且"动摇"了这些边界——这个隐喻暗示出这是僭越，而且危险。文艺复兴时期的作家非常熟悉"悖论（paradox）"的概念，他们在古典学和词源学的意义上，将其理解为与普遍观点的冲突，而不是在现代的意义上理解为矛盾。皮浪主义是永恒的悖论，永远更新的冲击，冲击着我们赖以在知识的领地里寻找大致路径的思维习惯。因此，可以理解的是，正是蒙田在《辩护》中勾勒的皮浪派观点的这种力量，导致他——至少在某些时候——从危险的边缘急速后退。

p.41

这种举动不仅是抽象概念上的，在一定程度上，也是富有想象力的："知识领域的界限和最后藩篱"的隐喻使问题具有视觉化空间，将其与领地问题联系起来，进而与合法性问题相联系。这种隐喻不是局部特征，这是蒙田写作方式和语言风格的本性。当他说皮浪派需要一种新语言来表达他们的命题时，他提出了自己的策略：设计一种用来跟随思想的曲折变化的语言，看上去与皮浪派的模式相似，但关键是不那么抽象和绝对。在一百页的篇幅里，皮浪派思想似乎占据主导地位，但是事实恰好相反。蒙田的语言消化了皮浪主义，并且以另一种方式表达出来，也许变得更彻底，甚至更具自我觉知，但是本质上是一样的。大黄具有通便功能，使得身体健康并准备着进一步探索。

在蒙田消化和转化皮浪主义的过程中，有两个基本的写作特征。其一是他惯用的，在技术上被称为"情态表达"（modalizing expressions）的方法。即使用日常生活中的某些单词和短语，以拉开我们与观点之间的距离，或至少表明这些观点只是某种个人意见。[16]他在《论瘸子》（Ⅲ.11）中举了例子："我喜欢我们用来软化和缓和论点的专断特征的词语：可能，某种程度上，有人说，据说，我认为，以及其他类似的词。"然后他又添加了第二个类似词语的清单，虽然这些词被用于教学中，但是与《辩护》中的"怀疑论表达"非常相近[17]："如果我的工作是训练儿童，我会一遍又一遍地教他们[C]询问的表达方式，而不是断言的[B]表达方式：

'这是什么意思？''我不理解''情况可能是这样''这是真的吗？'"在这一章中，没有提到皮浪主义，然而皮浪派论述的典型特征已经被吸收进蒙田自己的写作与思考模式中了。

这些情态表达旨在表明说话者的观点，因此多用于第一人称的论述。就像大多数技术哲学论述一样，《皮浪主义概要》是用第三人称写就的。相比之下，《随笔集》坚持使用第一人称，这是原则问题。蒙田意在叙述他的观点，这些观点只是暂时的，而不是告诉别人如何思考。他自己独特的写作方式继承并修正了皮浪派的悬置判断的风格；更精确地说，这是第一人称模式与情态表达相结合才达到的效果。

《辩护》中对皮浪派的探索与《随笔集》的整体写作有着深刻的联系。但是皮浪主义绝没有垄断蒙田在书中要探索的哲学领域。首先要说的是，对于亚里士多德哲学的厌烦（参见上文，第32-33页）并没有妨碍蒙田对其有所借鉴，也许不都是有意识的借鉴。中世纪末期的哲学家和神学家对亚里士多德著作的深入研究（被称为"经院哲学"的运动）在文艺复兴时期得到延续，尽管人文主义者对经院哲学的逻辑与表达方式的拒斥改变了这一研究的重心；评论、文摘或其他形式体现出的亚里士多德思想在十六世纪末期随处可得，并且组成了高等教育的一部分。当蒙田写作最后一章《论阅历》时，他以此句开篇："没有什么欲望比求知的欲望更是天性"，他事实上引用了亚里士多德的《形而上学》的第一

p.43

句话；在《辩护》中的如下断言："哲学起源于惊异"，具有相同的来源。某些蒙田经常使用的词语（"形式"，"实质"，甚至"天性"）都深深浸透了在经院哲学中沉淀下来的思维习惯。当然蒙田以独特的方式来使用它们：为证实这一点，人们只需看一下"形式（form）"一词及其同源词在《论忏悔》中的一系列不同寻常的变化："其他人塑造人，我则叙述人（Others form man; I narrate him）""每个人都具有人类处境的完整形式（Each person carries the entire form of the human condition）""在这里，我与我的书步调一致地走在一起（Here, my book and I walk together in conformity and at the same pace）"，还有其他很多例子。蒙田关于世界与人类意识变动不居的观点并不是来源于皮浪主义，而是来源于古代的思想传统，尤其是赫拉克利特（Heraclitus）。皮浪主义关心的是知识的不确定性，而不是物理现象的不稳定性。柏拉图关于爱情的形而上学理论——主张人类的爱情是通往善的理念的第一步——对于蒙田来说过于轻率。然而在《论虚空》（Ⅲ.9）中的一个有趣的段落里，他把柏拉图式的受神灵启示的诗人或先知的形象与《随笔集》的即兴性质联系起来：他并没有明说自己受到启发，但是柏拉图思想的诗意与想象明显地吸引了他。这样的例子再一次表明了出现在蒙田思想之流中的哲学观点，是由于他一时兴趣所致，并且被用来继续探索。而不是作为一个逐渐成形的被建构的理论体系的一部分，也不是要被坚定的接受或反对的立场。

最后，有很多哲学家作为榜样出现在蒙田的作品中，他们或被模仿，或被崇敬。加图（Cato）是斯多葛派坚韧的最极端代表（他撕裂自己的内脏，自杀了），但是离普通人的人性太远。底比斯的将军伊巴密浓达（Epaminondas）有着类似的勇气，但更具人性。[18]最伟大的榜样是苏格拉底，蒙田在《论面相》（Ⅲ.12）中用了几页篇幅来讲述他。作为一个男人，苏格拉底是丑陋的，婚姻不幸，滑稽地承受着普通人的不幸。但是他的思想是高贵的。他平静地面对死亡，但没有斯多葛派的虚张声势。也许最重要的是，他关心的是伦理和普通生活中的问题。

在这一章的末尾，蒙田似乎为他的最后一章《论阅历》铺平了道路。在这里，蒙田反思了个人如何适应生活，并且怎样让人生尽可能丰富。但是在这里，仍旧有一个认知原则在起作用，这个原则深刻地影响了《随笔集》。援引典范或榜样（通常是道德上的）作为发展论证的手段从中世纪起就广泛流传。蒙田融入了这种"典范"传统。然而，与他的前辈们不同，他保留了对榜样的判断。对他来说，榜样们也有缺陷，不能为生活实践提供规则。榜样中很多人过于极端、杰出，离日常生活太远。正如他自己所说："每个榜样都有缺陷"（更确切和生动地说，"每个榜样都是跛子"）。对蒙田来说，榜样的价值不在于提供严格的道德模板，而是提供一组变动的坐标——这组坐标不足以完全匹配具体个人的生活，使得每个人都能找到他或她的道德（或更广泛地说，认

p.45

知)位置。[19]

  《随笔集》触及了很多哲学问题,这些问题被经典哲学家用更系统化和抽象的方式研究过。读者经常会感到一些表面上不起眼的想法和轶事突然转了个弯,就好像偶然地打开了一个宏大的哲学主题。这正是蒙田看待自己作品的方式:在《辩护》中,他把自己看作"一个新人物:一个偶然的、不经意的哲学家!"[20]然而蒙田并没有想要成为哲学家。如果《随笔集》在哲学中有一席之地,也是在边缘,不是在主流。哲学对蒙田的价值是提供可以发展认知能力的试验场,除此之外,没有什么特殊地位。哲学已经被吸收进蒙田所要观察与捕捉的无尽思想之流中。

4

信 仰

p.46 我呈现的仅仅是人的想法，我本人的想法。这些想法并不是秉承自神意，以至于不可怀疑和争论。它们只是观点，而不是信仰。我自己思考，而不是基于上帝去相信，这是世俗的方式，而不是牧师的方式。但是带有浓厚的宗教性。就像孩童交出习作，为了接受指导，而不是给出指导。这样说很可能不是不正确的：除却那些有资格的人以外，其他人都应该谨慎地谈论宗教，这是有好处且公正的。我作为其他人中的一员，也许应该对宗教保持沉默吧。我被告知即使不是信教的人，在他们的日常言语中也禁止借用上帝之名。他们不想把"上帝"单纯用作感叹词，或用于宣誓或比喻。我认为他们是对的。在我们的社会交往中，当我们提到上帝，应该严肃虔诚。

I.56：《论祈祷》

正如蒙田在《随笔集》中没有陈述哲学立场一样，他也避免断言宗教信仰，或避免谈论神学问题。如以上段落显示的，他更倾向于把没有神学资质的普通人与神学家们相区分：相比于亵渎宗教或陷入异端的风险，避开宗教问题更安全。这种谨慎的策略是既宽容又有所限制的。一旦以上策略成立，那么我们就可以在人类经验领域进行探索，而不用顾及神学教条的限制。其他人也用过这一策略（比如，被与基督教启示不相容的论点所吸引的中世纪哲学家），但是蒙田用自己的方式使用它。起始的话"这样说很可能不是不正确的……"充满了限定成分和情态的表达；当说到"我……也许应该对宗教保持沉默吧"，很明显的是蒙田在承认教会权威的同时[21]给自己留了相当大的自由。因此，即使当蒙田建议要避免所有的宗教争论时，他仍旧赞成新教徒关于日常言谈中不要借上帝之名的禁令。这应该被理解为，在该段开头他允许自己发表的那种个人的、非系统化的、非官方的意见之一。

蒙田隐晦的防御策略在《辩护》一章中以一种不同的方式得到了阐释，而且范围更广，在该章中，蒙田为塞邦的拉丁语论文《自然神学》(*The Natural Theology*)，或《造物之书》(*Book of Creatures*)辩护。他早些时候应父亲的要求，把这本书翻译成法文（译本在1569年出版）。大约是在十六世纪七十年代中期的某个时候，他受到纳瓦拉的玛格丽特（Marguerite of Navarre，纳瓦拉的新教徒亨利的王后）[22]的邀请，为塞邦的书撰写辩护词。玛格丽特认为这本书有助于增进虔诚，但是教会对其有疑虑。这本书试图通过论证自然世界和人在其中的位置来展示基督教的真理。这一策略之前被使用过，尤其是在方济各教会的"造物崇拜"（adoration of the creatures）传统中，但这可以被解释为绕过了中世纪晚期教会构建的正统神学大厦。

　　蒙田对塞邦的辩护颇有些奇怪。首先，在一本记录关于杂七杂八主题的个人思想的书中，找到这样一篇文章本身就很奇怪。他是否将它单独寄送给了玛格丽特？我们对此没有记录。第二，他对于塞邦的书的内容，表现出很少的兴趣，他通过关于人类理性与信仰的价值的抽象论证来为其辩护。第三，辩护仅限于本章的开头几页。随之而来的对人类知识自负的大规模攻击是这样一种论证的产物，即如果说塞邦的推理是失败且不充分的，那么所有人类的推理都是如此。这一论证一旦开始，就不会停下，除了几篇引用过的文章，塞邦和《自然神学》早被抛诸脑后。另外，在本章中占支配地位的怀疑论态度，颠覆了塞邦的观点：塞邦天真地相信人们从被造物推出造物主的推理，并相信人类在先验等级中的地位。也许蒙田对玛格丽特的要求感到不舒服，就把对塞邦的辩护转移到了他当时感兴趣的问题上，即皮浪派怀疑论。除了我们在本书上一章中已经看到的，这份辩护在此处也明确地显示出双重立场，公共立场插入私人立场的冗长也许还在危险的思考中。

没有确凿的证据可以使我们解释以上这些难点，但是我们可以尽量减少围绕这一章的诠释的不确定性。最基本的事实是蒙田把对皮浪主义的探讨附加在《辩护》中。最早主张塞克斯都·恩披里柯观点的人文主义者，把这些观点当作捍卫正统基督教信仰，反驳作为异端的理性主义的潜在武器。皮科·德拉·米兰多拉（Gianfrancedco Pico della Mirandola）（更著名的皮科的侄子）在他的《关于异教徒教义的自负的讯问》（*Examination of the Vanity of the Doctrine of the Pagans*，1520年）中就是这样使用皮浪派观点的；亨利·艾蒂安在他翻译的《皮浪主义概要》序言中，提到了皮浪派观点的辩护价值；著名的天主教辩护者赫里维特（Gentian Hervet）也采取了相同的辩护方式，并且在他翻译的另一本关于塞克斯都的书的序言里，给予其重要地位。他在1569年出版了这本书，并重印了艾蒂安的书及其序言。

对我们来说，极端怀疑论被用来为宗教辩护看上去很奇怪。但是，十六世纪的学者认为这些观点与基督教的悲观主义脉络是平行的，这种悲观的基督教思想经常与奥古斯丁（Augustinian）思想联系起来，其大意是不相信人类理性是获得救赎的手段。另外，天主教辩护者，比如赫里维特，也同意蒙田在本章开头所引段落里的观点：因为历史上，启示是由教会和牧师来掌控的，世俗之人不应该用他们的推理能力来质询信仰问题。那些这样做的世俗之人可以被皮浪派的观点所平息。

p.50

对于现代读者来说，"怀疑论"首先意味着无宗教信仰，所以现代人通常假定蒙田在《辩护》中有隐藏的"反基督教"或"不可知论"的意图。实际上，从十九世纪开始，尤其在法国，蒙田才与伏尔泰（Voltaire）一道被认为是传统信仰与组织的敌人。甚至在我们的时代，西班牙弗朗哥（Franco）将军的右翼天主教政权仍不允许学者研究《随笔集》。但是，如果以十六世纪的背景来阅读《辩护》，使用怀疑论来为正统宗教辩护是十分普通的。那个时期的读者不会把《随笔集》当作危险的书。在1581年，蒙田访问罗马期间，审查人员检查了他随身携带的所有书籍，其中包括新出版的《随笔集》的手稿。当他们归还手稿时，他们只提出了几处小的修改建议（比如在蒙田谈论"命运"而不是天佑的方式上），其中大部分蒙田都忽略了。直到十七世纪中期，对宗教的怀疑成为教会的威胁，而且怀疑论被用来反对信仰本身时，蒙田作为怀疑论的传播者，《随笔集》才进入教会的禁书名单。詹森派的辩护者布莱士·帕斯卡（Blaise Pascal）因蒙田"对于救赎的漠不关心"对其进行了攻击。[23]

在《辩护》中，蒙田采纳了他最容易获得的理解框架，并近乎本能地以之为工具来探索皮浪主义。他强烈地暗示这些探索只是暂时性的，对这些论点要谨慎：对玛格丽特说的话格外引人注目。然而，如果人们把《辩护》（以及它在《随笔集》中的呈现方式）与皮科、艾蒂安、或赫里维特相比，区别是明显的。在一本世俗的畅销书中，皮浪主义找到了自己的表现方式，而这深刻地改变了皮浪思想潜在地发挥作用的领域。《辩护》中的多重立场使得具有潜在破坏作用的皮浪派思想也不稳定。蒙田似乎意识到了这一点。他有所保留的表达指明了某种程度的焦虑。艾蒂安和赫里维特并没有这种焦虑，或至少没有相同程度的焦虑：比如，他们都没有想到皮浪主义"动摇了知识的界限和最后的藩篱"。当然蒙田不可能预见到这种论点可能造成的潜在损害。我们在此看到的类似于基因在创造出一个新的进化分支前的第一次突变。

然而，对于蒙田来说，这些问题不是抽象的观念史的一部分。他在他的时代的物质世界与文化中，具象地经历了这些问题。那个时代最紧迫的特点就是宗教战争中不断产生的暴力。对于这些，蒙田不只是一个被动的旁观者。首先，对于法国的宗教改革和由之引发的战争来说，蒙田的立场不是中立的。他一贯重复的观点是他不喜欢改革者的企图，准确地说，"改革"宗教的企图。这一目标过于相信人类有能力创造更好的世界。像皮浪主义者那样，他不确定我们的能力可以求取真理并遵照真理来行动，因此他更偏向于遵循他出生起就接受的习俗与传统。联系到蒙田任意发展其思想时表现出的极端的灵活性和探索性，他思想中的此种保守倾向乍看之下令人惊讶。但是这事实上是一种完全理性的反应，而且也能解释我们在上一章中看到的立场的分裂。另外，他对于他称为"新奇事物"的反感，也促使他通过对不同观点的

p.52

平衡考虑来调和。正如在"论习俗和已建立的法律不应被轻易改变"（I.23）所说：

> 每个人应该遵守当地的规则，这是规则的规则，是所有法律的法律……[B]我讨厌革新，无论它采取什么形式。这是有道理的，因为我已经见到改革带来了极端的破坏。不能说当代压在我们头上好几年的新奇事物①要为所有事负责，但是人们可以不无道理地说它是邪恶与破坏的原因和来源，这些邪恶和破坏是借它之名和反对它时产生的。只能说改革是罪魁祸首……最先破坏国家的人是第一批被国家的毁灭所吞噬的人。[C]动乱的果实不会落入发动它的人手里，他把水搅浑，其他人获利。[B]那伟大城堡——我们的君主政体——的紧密结构已经被新思想打乱、瓦解，现在——尤其是君主制步入暮年的当下——城门已经敞开，类似的攻击随时都能进来。[C]君权从山腰跌至地面，比从山顶跌至山腰还迅猛。但是，如果始作俑者造成了更多的损害，那么模仿者会更邪恶。因为他们会迫不及待去仿效亲身经历过的恐怖和邪恶。

---

① 指宗教改革。——译者注

这一段落需要解释。"压在我们头上好几年的新奇事物"是指宗教改革，它试图推翻传统的神学和教会结构。蒙田认为法国的宗教改革者应该为宗教战争中的灾难负责。他们的"模仿者"是极端的天主教派别，在当时——这一段落大部分内容是十六世纪八十年代添加的——被称为神圣联盟（Ligue）。蒙田认为他们的极端行径更加可恶，更不可原谅。二者中间的是君主，因为亨利三世没有继承人，他的弟弟弗朗索瓦（Francois）在1584年去世，瓦卢瓦王朝日薄西山（因此才会说"步入暮年"）。下一顺位的继承人是纳瓦拉（Navarre）的国王，波旁家族的亨利，与亨利三世的妹妹玛格丽特——蒙田的《辩护》的收信人——结婚的新教徒。一个新教君主当然是神圣联盟所憎恶的，他们竭尽全力阻止这件事。蒙田对双方的暴力和破坏都进行了批评讽刺，他明显同情的是松散、温和的"政治派（Politiques）"，他们认为君主制和法律是维护国家统一的关键，并准备设想合理的宗教宽容政策，以便实现和平。蒙田对改革者的批评集中在他们对法律和秩序的破坏上，而不是他们的神学教义本身。

一封写于1590年——蒙田去世前两年——的信件，有趣且富有启发性，使我们一瞥蒙田对当时宗教与政治问题的思考。这封信的收信人是纳瓦拉的亨利，他当时是继几个月之前被刺杀的亨利三世之后，法国名义上的国王。尽管他的王位继承权仍然受到神圣联盟及其强硬的天主教支持者的反对。在这种新的政治形势下，蒙田写信祝贺他，并表

p.54

示支持：

> 我一直尊重您的地位，您可能会记起，即使当我不得不向当地的牧师忏悔这件事时，我也没有停止以些许赞赏的眼光注视着您的成功。现在我有更多的理由和自由来毫无保留地迎接您的成功。

正如《辩护》展示的，蒙田与纳瓦拉的家族私交甚密。他在自己的城堡里款待过亨利，并多次在法国国王与他的新教继承者之间做调停人。从这封信里透露出，在亨利三世在世期间，蒙田已经感觉到他对纳瓦拉的王位继承人的支持与赞许有些过头，以致他向当地牧师做出忏悔。与此同时，他好像也将此事告知了纳瓦拉的亨利。现在当亨利登上法国王位即将成为既定事实时，通过回忆往事，蒙田揭示了他在自身信仰和忠诚之间的游移。蒙田的另一个特点是使用限定性副词［"些许（somewhat）"］来掩饰他之前的立场：当亨利三世统治法国时，他对纳瓦拉的亨利的支持是有一定保留的。

1580—1581年，蒙田悠闲的意大利之旅的日记为其宗教体验与信仰提供了另一种证据。很明显，他从没打算出版，手稿直到十八世纪才被发现。既然他只写给自己看，那么他就不需要谨慎和保留了。日记主要记录了他去的地方，见过的人，当地的习俗等。只包含很少的如《随笔集》那样反思性的论述。这是只记录观察的写作模式,而不是揭示其对于信仰的态度的明晰观点。

在穿越瑞士和德国途中,他对天主教和新教的礼拜仪式的冲突与调和产生了兴趣。他参观了两种教堂,不带偏见地与两教的牧师谈话,对奥格登堡(Augsburg)等城镇允许并实践的礼拜自由的方式进行评论:比如,他描述了一位新教徒男性与天主教女性之间的婚礼。日记里的中立的声音表达了其宽容的精神。当人们读到蒙田对罗马犹太教教堂的割礼仪式的详细描写时,这一印象得到了加强。相比之下,蒙田对于宗教游行中所进行的自我鞭笞则采用了批判的眼光。在他看来,自我鞭笞者都是为获得报酬而忍受痛苦的穷人,并都在用各种方式来减少鞭笞的疼痛。类似的,他对谒见教皇的描述也是讽刺性的,尤其是他以及同伴被要求做出的那些复杂的宗教活动。他不止一次说过在罗马的宗教活动更像是炫耀,而不是真正的虔诚。

在两次访问罗马之间,蒙田在意大利北部进行了一次长途旅行。旅行的目的之一是在卢卡(Lucca)和其他地方取水,希望能缓解他的肾结石,但是他也在洛雷托(Loreto)——一个著名的朝圣地——停留。他在卖朝圣用品的店铺里花了很多钱,并在圣殿做了还愿祭(votive offering):

p.56

> 人们可以看到,在墙的顶端是木头制成的圣母像。其余地方装饰着来自各地权贵的贡品。直到

地面都布满金银饰物，没有一寸地方是空的。费了很大工夫，承蒙恩惠，我终于找到一处地方，来安放我的还愿牌（votive tablet）。在银质表面上刻有四个人物：圣母、我、我妻子、我女儿。在我下面刻着：Michael Montanus, Gallus Vasco, Eques regii ordinis, 1581；在我妻子下面刻着：Francisca Cassaniana uxor；在我女儿下面刻着：Leonora Montana filia unica。他们都被描绘为面向圣母，跪成一排。[24]

蒙田还记载了还愿牌的更多细节，并且他说他留了一条银链和戒指在上面。他标记了还愿祭的确切日期，并且记载了最近发生的疾病奇迹般被治愈的故事，虽然他小心翼翼地把这件事的原因归结于得病的人自身以及他的家人。

我们该如何看待蒙田在公共生活中表现出的虔诚姿态呢？并没有什么力量强迫他这么做。很难认为在某种程度上这不是真诚的，也很难认为蒙田是秘密的无神论者或不可知论者。另外，蒙田的文笔是精确与超然的：这里并没有显露出热烈虔诚的迹象。很明显的是他尊重教堂里传统的礼拜仪式，也在某种程度上相信它们的功效。但是同样清楚的是他不是一个有强烈宗教情感的人。若硬把蒙田归为相对立观点中的一极——天主教传统主义者或自由思想家，这是人为的且不正确的。更好的方法是基于我们已经见到的各种证据，而接受一个真实的蒙田。换句话说,我们应该接受,十六世纪晚期的法国有相当程度的宽容。人们有可能真诚地信奉传统的宗教形式,同时在日常生活中又保持世俗世界观和超然的态度。

5

有良知的思考

p.58　　内战中的某一天，我的兄弟拉伯鲁斯领主（Sieur de Brousse）和我在一次旅途中，遇到一位外貌出众的贵族。他属于对立阵营，但是我并不知情，因为他伪装了自己。战争中最糟糕的就是混乱不堪。你的敌人与你在语言举止上没有什么明显的差别，而且都在相同的法律与习俗下成长，因此很难避免混淆与杂乱。我害怕在一个陌生地方遇到我们的军队，唯恐会不得不暴露自己的名字，甚至会遇到更糟的状况。[B] 正如之前曾发生的那样：在一次认错身份的事件中，我人马俱失。他们还残忍地杀死了一位意大利宫廷侍从贵族，我精心培育过他，一个优秀的年轻生命，一个光明的前途就此被扑灭了。[A] 但是这位贵族非常容易惊慌失措，我看到每当我们遇到骑马的人或经过支持国王的城镇，他都怕得要死。最后我猜测是良心使他恐惧。对这个可怜人来说，人们可以透过他的伪装和头盔上的面罩，看到他心中的意图。

p.59

II.5：《论良心》

　　这两个令人不寒而栗的轶事再次提醒我们，蒙田的后半生，包括写作《随笔集》的整个时期，正处于1562至1593年的宗教战争时期。暴力的战争时有发生，法国饱受摧残，安全普遍受到威胁，伪装、间谍、背信弃义比比皆是。蒙田没有直接参与过战斗，但是却经常肩负外交使命，穿梭于法国各地。作为中间人，他很容易被双方都视为敌人。正如我们看到的意大利侍从贵族的故事那样，蒙田对那位匿名贵族的恐慌的嘲弄，被他自己可能会被双方所擒的恐惧所缓和。乍看之下，很难理解为什么他不愿向效忠国王的军队透露姓名。但似乎他习惯了隐姓埋名，以免引起别人对他肩负的外交使命的注意：透露姓名可能会影响结果。另一个因素可能是他住在法国一个以新教为主的地区，来自其他地方、不熟悉他的士兵可能会单从名字就认为他效忠于敌对阵营。无论如何，他被怀疑站在敌人一边，他的人员、马匹和贵族朋友都死于也许可以称为"友军火力"之中。

从这些明显罕见的状况提出良心的问题似乎是奇怪的。然而，对蒙田来说这些状况并不罕见。上一章我们浏览了给亨利四世的信，这封信表明了在蒙田的公共生活中，他不得不表现得模棱两可。内战中对立的两派迫使任何想要扮演中立角色的人多多少少要隐藏自己的立场。以上引文所在的段落大部分是在谈论酷刑问题，使用酷刑的司法程序被用来发现假定隐藏起来的真相。蒙田对这种广泛使用的程序表示遗憾，因为它不仅残忍，而且也不可靠。

酷刑引出了行为与意图相互解释的问题，而这正是伦理学的核心关切。为了判断他人的作为，我们需要理解他们的行动和引发这些行动的意图。由于人们出于各种理由会或多或少地隐瞒意图，这种行为意图相互解释通常就变得困难重重：施酷刑者撕裂人的身体，其意图是找到被隐藏的真相，此种说法极其能够体现上述解释的困难。由此得出，在道德上我们有义务让我们的行动清楚地表现出我们的意图。蒙田经常谈论说谎的问题，他说自己厌恶说谎。[25]正如我们下面将看到的，开放性真是《随笔集》的一大特点，从著名的序言开始就能看出这一点：

> 读者，这是一部真诚的书……我想要以我简单、自然、日常的模式呈现我自己，没有卖弄与做作。因为我是为自己作画。只要公众允许，我就要描绘真实的生活和我的内在本性。[26]

这种率真也会以相反的形式出现，即害怕被误解。这种恐惧支配了蒙田与其想象中读者之间的关系。任何对蒙田伦理思想的研究都必须基于他"先天本性（innate form）"①中的这一基本方面。

战争是古代与现代早期写作的主题，《随笔集》中有如此多的关于战争的伦理研究不足为奇。像蒙田的同时代人莎士比亚一样，他对政治与伦理也深感兴趣。蒙田在第三卷第一章中对这些问题有直接的论述。题目可大致翻译为《论权宜之计与道德》。27 这一论题的经典之作是西塞罗的《论职责》（De officiis）。其中世纪的对应物是马基雅维利的《君主论》（The Prince），其主张君主的私利和国家利益要高于道德考量，28 这与西塞罗明显对立。当时很多政治理论家反对马基雅维利，蒙田也以自己的方式进行反驳。他保留了权宜之计与道德之间的区别，并且认为后者具有优先性。然而他在担任波尔多市长期间，以及作为纳瓦拉的亨利与亨利三世的调停人的经历，使他不情愿地承认在极端必要的情况下，例外也是被允许的。道德低下的人有时会被国家利用，来完成不光彩的目标。君主为了拯救国家而不得已违背良心也可被原谅。但是针对这种极端状况，蒙田持谨慎、保留的态度。如果君主违背良心而没有忏悔，那么这是错误的。另一方面

---

① "form"的字面意思是"形式"，在本章的语境下可以大致理解为本质、本性。——译者注

如果"君主有如此脆弱的良心,以至于无法愈合,那么我不会不尊重他"。马基雅维利是不会同意这一点的。

从诸如此类的段落中可以清楚地看到,蒙田承认与生俱来的良知(这是他那个时代基督教文化的基本假设),但是在《论权宜之计与道德》中,蒙田通常会与人类处境相结合来理解道德:伦理诠释学依赖于情境因素之间的复杂的相互作用,与人们不得不做出选择的境况相关。同样的理解方法在第三卷接下来的章节中占据主导地位,就好像蒙田正试图为该书读者呈现一种双重的伦理解读。《论忏悔》(Ⅲ.2)具有蒙田成熟思考的所有特征——自我意识、大胆、第一人称的丰富性、自信风格——并且包含了他最常被引用的段落和表述。这一章的主要观点是尽管人们对世界的感知和意识是不断变化的,但是仍有中心内核〔一种"先天禀赋的形式(innate form)"〕,它始终保持真实。虽然我们可能意识到我们不像应该成为的那样,但是也不可能通过突然皈依宗教,而变成更好的样子;试图做这样的事只会使情况更糟,因为这大多只是改变了表面,而深层问题并没有解决。

这种观点很难与圣礼中的忏悔保持一致,而忏悔后转变是正统天主教教义的基础。更值得注意的是,在蒙田写作的时代,忏悔的主题是公众意识的核心。宗教战争进入了第三个十年,许多人认为这是对国家罪恶的惩罚。亨利三世甚至举行了公开的忏悔游行,进行苦修,他自己也参与其中。在那个时代,让忏悔与转变离开人们日常生活经验的领域,在某种意义上是对圣礼本身的挑战。然而,没有证据证明当时蒙田的读者以这种方式理解这一章,或者怀疑其正统性。这可能是由于蒙田确实承认通过上帝的力量,忏悔后转变是可能的。

> 至于我,总的来说希望成为另一种人。我能谴责我的一般本性[29],并对之感到不快。我祈求上帝让我脱胎换骨,并原谅我的天性软弱。但是这好像不应被叫作忏悔,也不是当不成天使或加图的不满……我不认为忏悔是肤浅、不疼不痒、做样子给人看的。它应该深深地触动我,让我撕心裂肺,就像通体被上帝审视。[30]

蒙田在《论忏悔》中或其他地方都不用"赎罪(penitence)"一词。他更喜欢用神学色彩更少的同义词"忏悔(repentance)"或不定式"忏悔(to repent)"(用作名词)。这也是该章标题所用的词。这无疑是有意的。他遵循着在《论祈祷》中提出的规则:他的语言是世俗的,避免使用有强烈神学色彩的词。

以上段落出现在这一章的后半部分。在开篇的几页中,在简短的开场白之后他谨慎地插入一段话,来辩护他思考问题的方法:

> 让我为我经常说的话道歉，即我很少悔恨，[C]我的良心自足，不是像天使或一匹马那样的良心，而是普通人的良心。[B]通常要加入以下限制，不是为了卖弄，而是真诚地服从：我是作为一个无知的询问者而说话的，单纯又简单，只从平常又合理的观念里寻找答案。我不教育，只是讲述。

在这里，我翻译为"讲述（tell）"（法语 raconter，讲述）的词属于蒙田惯用的语词家族。这些用词体现了他作为思想"记录者"的写作规划。事实上，最后一句话重申了随笔的写作原则：蒙田的思想不是固定的命题，而是可能的想象、潜在的观点。宣判被悬搁，或被无限推迟，应当由那些捍卫"我们共同的合法信仰"的当局来提供确定答案。换句话说，蒙田在这里用他的（现在已经习惯了的）写作与思考的方法来避免在他的思想被怀疑为异端时而受到谴责。他在创造一条例外条款。没有理由怀疑这种服从的姿态不是"真诚的"，或者说它为不可知论的探讨提供了烟幕。正如我们在第四章看到的，蒙田已经接受了他出生时就有的信仰体系与政治系统，并且对试图推翻它们的人表达了敌意。然而例外条款也是有力的：它允许蒙田探索实践道德，无论这种探索会把他引向何方。此种探索的其中一项是犯罪心理学。蒙田讲过一位来自阿玛纳克（Armagnac）的人的故事。他找不到工作，又不想乞讨，于是就做了强盗。最后他靠抢劫致富。到了老年时，他公开承认了自己的所作所为，并逐渐补偿了受害者的后人们的损失。这个人是没有负罪感的，而这正是蒙田感兴趣的地方：这个强盗不是伪君子，没有为他一生的犯罪而忏悔，但是他承认对别人造成了伤害。蒙田的这种观察类似于人类学，提供了人类真实行为的独立记录，但是这种真实记录却可能不违背基督教传统的讲述罪恶、忏悔、原谅的故事的方式（比如浪子回头的故事）。这些真实记录是作为宗教叙事的补充出现的，而蒙田对宗教公开的服从则使得这一补充被许可。

蒙田的伦理范畴与预设当然并不完全来自基督教传统。作为一名学生，他可能已经熟悉古希腊、罗马的伦理思想，而他后来通过阅读普鲁塔克、西塞罗、塞涅卡等人的著作又补充和加深了这一知识。这些传统思想的一个本质特点是将伦理范畴与"激情"联系起来。希腊文"ethos"指的是习惯化的道德或心理特征，一种行为模式。"pathos"则指微妙的情绪扰动。对很多人来说，一种特定的"激情"（愤怒、恐惧、慷慨、懒惰）是某种深层的特征，是人格的一部分。对另一部分人来说，激情则是由偶然的境况所激发的——它来自外部。因此蒙田在《论忏悔》中说"激情的风暴"与一个人的"主导形式（dominant form）"正相反。[31]在亚里士多德的伦理著作中，这些范畴——它们可以被理解为心理或伦理的状态——被对立地列出（勇气与怯懦，慷慨与贪婪）。

p.66

但是这种整齐的排列被"临近词项（neighbouring term）"扰乱。鲁莽是勇气的临近词项，谨慎是怯懦的临近词项。慷慨与挥霍相近，贪婪与节俭相近。进一步说，这些相近范畴之间的区别很大程度上依赖于对特定行动的看法：对某些人来说是勇气的行为，对另一些人则是鲁莽。这种心理和道德的相对主义被斯多葛派所反驳，他们认为对勇气与鲁莽的混淆仅是玩弄文字，伦理始于对道德差异的清晰认知，并要求压制由偶然的境况强加于我们的所有激情。

在《随笔集》中众多反映伦理反思的文字中，有《论人的行为的变化无常》（Ⅱ.1）中的如下段落：

> 不仅偶然之事的风会吹动我，而且我也会因自身立场的不稳定而扰乱自己。任何仔细观察自身的人很难发现自己两次处于相同的状态。根据我描绘角度的不同，一会儿看到灵魂[32]的这一面，一会儿是那一面。如果我以不同的方式谈论自己，那是因为我以不同的方式感知自己。每种对立的状态都多多少少能被找到。羞愧、傲慢；[C] 贞洁、好色；[B] 健谈、沉默；勤劳、敏感；机智、困惑；易怒、和善；虚假、真实；[C] 博学、无知；既吝啬又挥霍；[B] 所有这些我都能在自己身上看到，这取决于我看的方式。任何专心研究自己的人都会发现在自己身上，甚至

在对事物的判断中，都有流动性与不一致性。我没有办法完全地、单一地、稳固地论说我自己。没有办法不带困惑和混乱，以一个词来界定我自己。我的逻辑中最普遍的信条是"Distinguo（我区别）"。

最后一句话中的拉丁语单词来源于中世纪逻辑学。蒙田使用它——考虑到他不是形式逻辑的崇拜者，这无疑有些讽刺意味——来表明用语言和不稳定的"灵魂"状态相匹配是不可能的。像亚里士多德一样，蒙田在这里列出了情感与伦理的范畴，他认为列出的范畴依赖于感知和视角，这很容易让人把他当成伦理相对主义者。然而，他对于谈论激情的语言方式又很严格，而且更偏爱平实易懂的生活语言。在《论权宜之计与道德》中，他说"我使用大众的语言，它把有用的东西与体面的东西区分开。某些有用且必要的行为，也被说成是不体面和肮脏的。"[33]

p.68

尽管他意识到了道德经验的不连续性和描述道德范畴的不可靠性，但是蒙田的伦理思想还是有整体倾向的。他对待道德问题非常严肃，并注重案例研究，把伦理问题与心理现象的研究联系起来——不仅是研究"激情"，也研究别的主题，比如在第一卷第二十一章中研究想象的力量。他感兴趣的是人们能在多大程度上改变他们的行为模式，以及伦理认知受当地习俗支配的方式（参见 I.23,《论习俗和已建立的法律不应被轻易改变》)。在最后一章《论阅历》中,他说明了道德的生活如何也可能是愉快的生活,他以自己的方式回答了"如何调和美德与快乐"这一古老问题。

在这些问题上,蒙田所说的每件事几乎都可以追溯到更早的文献中,或者是现代早期的思维习惯的产物。然而他谈论它们的方式,以及它们在《随笔集》中起的作用是相当独特的。蒙田重组了熟悉的材料,让其适合不同的目的。首先,随笔的写作原则再一次起了作用:特殊的观点、反思、例子都成为记录心灵活动的一个要素。蒙田的目的不是说教或者给出规范:"我不教育,只是讲述。"第二,他在《随笔集》中所做的伦理思考通常是诠释性的和人类学的:人类行为,比如人类语言,应该在其产生的背景中被理解,而且要与行动者意图相关联。这种方法不是以彻头彻尾的相对主义的面貌出现的,它没有把道德律令还原为当地习俗,也没有诉诸特殊情况——比如情绪紊乱——来为错误行为开脱。毋宁说蒙田试图建立一个不断增长的观察与事例的集合,这个集合为测验人们的道德判断——良心的世俗等价物——提供材料。

这种解决伦理和心理问题的方式最好用认知来描述。它把人类行为想象成动态的意向联结,不能简单地被"重组",但是如果恰当理解,可以适当调整和重新定向。在《论阅历》中,蒙田这样描述这一过程:

> 假如每个人仔细地观察激情支配我们的效果和环境，就像我观察自己身陷其中的激情一样，他就会看见它们是如何产生，并且能减少其动力，调整其流向。它们不是一下子就掐住我的喉咙，威胁总是渐渐来临……判断在我心里占据支配的地位，至少我努力这样做。它放任我的欲望自行其是，包括恨与爱，甚至是对我自己的偏爱。但是不被欲望改变和腐蚀。如果判断不能按照它的意图去改变我性格中的其他成分，至少能保证它自己不被败坏。判断是独立运作的。

相似的过程在《随笔集》其他地方也曾提及。比如《论分心移情》（Ⅲ.4），蒙田说到一位身患抑郁症的女人被诱导进不同的心境的过程。在《论愤怒》（Ⅱ.31）中，提出了控制愤怒的方法。在《论意志的掌控》（Ⅲ.10）中蒙田描述了如何避免陷入无法解决的处境的策略。更为著名的是《论想象力的力量》（Ⅰ.21）和《论维吉尔的几句诗》（Ⅲ.5），他讨论了性与性功能障碍。[34]

这些语境最接近认知心理学，但是"认知"一词在其语言学意义上也是相关的。在认知语言学中，话语仅当成为交流行为的一部分，才会有意义。它的意义决定于它被使用时的语境与意图。从可能的选项中，为话语选择一个确定意义的核心标准是相关性（relevance）（与当前语境的相关性）。

我们会看到这一概念支配了蒙田对语言交流（"对话"）的看法。但同样清楚的是，这也是他解决伦理问题的核心。在《论阅历》中描述他向往的生活方式的高潮部分，他把自己的观点浓缩到两句话里："创造我们的行为是我们的责任，而不是创造书籍，要去赢得的不是战斗和领地，而是行为的秩序和安宁。我们伟大而光荣的杰作是得体的生活。"蒙田使用的法语词"à propos（关于什么）"在这里可以被理解为"相关地"。这意味着一种内在的和谐，即在灵魂的不同要素之间的和谐，也意味着一种外在的和谐，即人与世界（蒙田通常叫作"自然"）之间的和谐。虽然写作书籍在这里被忽略了，但读者却不能不意识到，这本特殊的巨著即将结束，并且相关性原则同样适用于它。蒙田在《论忏悔》中说："我与我的书步调一致地走在一起"，在这一评论里，蒙田让读者注意书中大量的表面混乱和游移不定的个人思考是具有内在和外在的相关性的。如果《随笔集》是一本杰作，其中一个理由是它创造了一种谈论事情的新方式，这种新方式与人类生活的方方面面都相关，并且试图通过谨慎的认知分析来诠释——并且慎重地调整——人类的行为。

6

旅　行

p.72

旅行中观察新奇的事物使心灵不断得到锻炼。如我经常说的,塑造人的一生,要不断向他展示不同的生活、[C]思考方式和习俗,[B]让他体验无限的人性的多样性,我想不出除此之外更好的学校。当旅行时,身体既不懒散,也不疲劳,适度的活动使其充满活力。尽管有肾结石,我可以在马背上待八或十小时,既不用休息,也不感到无聊。

超过老年的状态与能力。[35]

除了炎炎烈日,没有什么季节让我难以忍受。因为在古罗马时就在意大利使用的遮阳伞,减轻脑袋的负担小,增加手臂的负担大。[C]在古代波斯奢侈的生活刚开始的时候,他们随处都能制造凉风与阴影,我很想知道当时波斯人费了多大劲。我像只鸭子一样喜欢雨水和泥土。天气的变化不会影响我，所有天气都适合我。唯一困扰我的是内心中的扰动，但这不经常发生。我很难决定去旅行，但是一旦下定决心，我就会走到底。

p.73

Ⅲ.9:《论虚空》

当蒙田说他之前曾谈论过旅行的教育价值，他无疑是指《论养育儿童》中的段落："其他人所组成的社会非常适合（这种学徒制），参观外国……以期带着关于当地的特点和风俗的知识回来，用别人的大脑来磨炼我们的大脑"这一教育准则符合欧洲的既定做法，即把出身良好的年轻人送到国外以扩展教育和习得外语：莎士比亚剧中的哈姆雷特是从维滕贝格（Wittenberg）回来的，他在那里学习哲学。但是蒙田似乎希望这一过程尽早开始，并有更广泛的目标。他的"学徒"不是为了一个特定的目的去一个特定的地方，而是去任何有机会能改变他们的地方，旅途中能遇到越多样的人类文化越好。进一步说，就像Ⅰ.26中的大部分建议一样，这一条也是蒙田整体思维方法的模型，这从Ⅲ.9中这一建议的发展方式上可以明显看出（实际上，被引句子中的"*我们的头脑*"突然转向第一人称复数已经指向同一方向）。记录思想在头脑中的流动是《随笔集》的特征，这是对于个人判断的无尽的重复测试。这种思维方式预设了一种具体的，外部的表现形式：即旅行是教育，反之亦然。

总的来说，《论虚空》是蒙田后期对很多个人问题的反思：家务管理、金钱、公共生活、政府和国家的危险状况（再次是宗教战争），婚姻、友谊、衰老、疾病、死亡和反复被提及的蒙田的写作——它的目的、读者、结构和风格。这些线索错综复杂，以旅行为主题松散地编织在一起。好像1580—1581年的意大利之旅已经成了精神的缩影，浓缩了蒙田生活中的许多重要问题。这一过程某种程度来说是一种对立：旅行使他逃离居住的小世界，更新自己。因此他给出的一个旅行的理由是可以摆脱日复一日的对于管理家庭财务和监督资产管理的焦虑。与此同时，他又长篇大论地谈论休假对于保持良好婚姻关系的价值。这些旅行的理由是用来回答散见于各章中的问题的，这使文章具有自问自答的结构，或至少提供了主题。这些问题是蒙田开始意大利之旅前，人们可能会问的：在你这个年纪为什么旅行？你没有想过在你离开这段时间，家中的经济状况会恶化吗？如果你得病怎么办？如果你死在外国怎么办？

当然，这些问题也可能是蒙田问自己的，或他来问别人的。《论虚空》有时像是为旅行辩护，是他为自己抛下习俗、传统、职责，而去拥抱自由的辩护。在这个意义上，第三卷第九章与《论忏悔》类似，这一章中蒙田为自己很少忏悔做辩解。这个辩护的理由既是他内心审查的声音（就像在Ⅱ.12

中对玛格丽特的谈话），也是他前往未知领域、进入自由与新奇事物的许可证。自由——思考的自由——是《论虚空》的一部分，新奇也作为蒙田觊觎的东西一再出现，它们促使人们接近陌生的人与地方。所引段落的开头就是一个例证。这里是另外一个例证："人类最常见的一种情况是从不熟悉的东西身上得到的快乐比从熟悉的东西那里得到的要多，人们热爱变化和改变……对新奇与未知的渴望滋养了我对旅行的欲望。"当我们把上述说法与蒙田一再重申的对政治领域内革新的厌恶（参见前文第52-53页）相提并论，就构成了蒙田特有的二元对立：公共事务上一贯的保守态度，以及私人领域内对新奇、陌生体验和奇怪思想的热爱，二者齐头并进。二者之间的通道就是之前我们看到的理由或辩护。这毕竟是论述虚空的一章，其要旨是：人类追求与想象的虚无性。作为个人，蒙田喜爱多样性的世界，而这多彩的世界恰是悬浮在泡沫中的。[36]

　　旅行与《随笔集》的内部构思的关联在创作的早期就存在了，在蒙田开始长期旅行的十年前。第一卷第八章的脱缰野马与第二卷第六章的骑马事故都以不同的方式预示了意大利之行中漫长的骑马旅程和可能会发生的事故。尤其是蒙田不得不忍受的肾结石之苦。在第二卷第六章中的死亡"实践"在意大利旅行中再次被提起。第三卷第九章中又有好几页纸讨论这个主题。这些章节还把骑手自由的运动与对于新奇且无定向的思想的记录联系起来："谁会看不出我已经踏

p.76

上一条道路，只要世上还有墨水和纸张，我就会不停地、不辞劳苦地走下去？我不能用丰功伟绩来作为我生活的记录，命运使我毫无作为，我只能记录我的思想"（《论虚空》，开篇）。蒙田还把"杂文（scribbling）"与漂泊者的生活联系起来。

旅行日记中富有启发性的一篇表明，在开始旅行时，这种联系对蒙田来说就已经很明显了：[37]

> 当我们党派的成员向他(即蒙田)抱怨时，他经常带我们走不同的路，去各种地方。通常我们会回到离出发点不远的地方……他会回应道：他唯一要去的地方就是碰巧到的地方，他不会走错路或迷路，因为除了探索未知的地方，他没有其他的目标……他也经常说他像一个读非常有趣的故事，或一本好书的人，当临近结尾时感到焦虑。同样，他在旅行中获得那么多乐趣，厌恶不得不停下来休息。如果他能独自一人继续的话，他会突发奇想制订各种旅行计划。

旅行与好故事的类比在结构上与蒙田的"写书是一次旅行的概念"是同一的：蒙田说的是一种创造持续的悬念的叙述方法，就像他那个时代流行的浪漫故事。更重要的是，叙事上的悬念与皮浪派的悬置判断有密切的联系，因为它允许读者的好奇心无限持续下去。

然而，保留不同线索的区分也是重要的。一方面，这是一次真实的旅行，有源源不断的新经验，意想不到的转折，有愉快，有不适，有没有遮阳伞的炎热日子，有蒙田忍受肾结石之苦，或遭受牙痛、头痛的绝望日子，还有难忘的被授予罗马公民头衔的时刻。另一方面是记录那次旅行的朴实无华的日记，起初是仆人的视角，后来是蒙田自己的（在意大利期间是用意大利文写的）。最后一方面是对旅行与人生、疾病、死亡关系的反思。一部杰作能用隐喻反映现实。有些事情是蒙田想象的，但是对他来说，没有什么事情与现实经验毫无关联。因此，旅行就成为蒙田写作原则的重要且具体的例证。这一原则在《论忏悔》中被简明地表达了出来："我与我的书步调一致地走在一起"。

在蒙田的时代，航海活动以前所未有的速度改变了世界及其文化。蒙田对此表现出密切而持续的兴趣。他为新大陆写了一整章（Ⅰ.31，《论食人族》），另一章节的很大一部分也有类似内容（Ⅲ.6，《论马车》），他还参阅了大量参考文献——通常都很有分量。正如第一卷第三十一章标题所指出的，他几乎只对新大陆的人类、他们的生活方式和他们与欧洲人的双向影响感兴趣。和其他文本一样，他的视角既是广泛意义上道德的，又是人类学的。他的富有同情又不失冷静的写作方式被伟大的法国人类学家克劳德·列维-斯特劳斯（Claude LéviStrauss）推崇。[38]蒙田证明了一种文化的每个方

p.78

面都必须与其他方面相联系来理解。然而，蒙田不是我们称为"科学"人类学的创始人。他借鉴了很多古代失落王国（亚特兰蒂斯，Atlantis）或理想政治形式（柏拉图的理想国）的概念，并且阅读了同时代各种宇宙学家和旅行家的著作，虽然他从没有提到他们的名字。这些作者声称自己有一手观察的真实性，但是蒙田却认为他们相互矛盾，指责宇宙学家们为了迎合宏大的概念而牺牲了局部观察的真实性。蒙田说过自己关于南美洲人民的知识来自一位之前的仆人。他的证词很可能是真的，因为他是"简单粗鲁的人"，没有能力用假设和概括来掩饰真实。[39]另外，《论食人族》以蒙田与三位美洲土著的谈话结束，这三人是他在1562年查理九世访问鲁昂（Rouen）时遇到的。

蒙田对"食人族"生活方式的叙述是由一段夸张的修辞引入的，这激发了人们关于黄金时代理想生活的观念，并且蒙田宣称"在美洲看到的"远超出这种理想。[40]这段话的正面且理想化的口吻在之后的描述中得到了虽不明显，但一以贯之的回应。蒙田的描写从日常事务（食物、饮料、建筑物、行为习惯）开始。在此处使用的两种写法对该章至关重要。其一是对观察事项的各种假设的等级的消除。正如旅行日记中那样：蒙田习惯从对当地女人的吸引力，或床的制作的评论中，直接过渡到当地的宗教实践上。蒙田把土著们"剃光全身的习俗"与他们对于灵魂不朽和天堂地狱的信仰并列起来。他对此做了冷静的总结：

他们全身刮得干干净净，仅仅用木头或石头制成的剃刀就比我们刮得整洁。他们相信灵魂是永恒的，而且受到神眷顾的人住在天空中太阳升起的地方。受诅咒的人则住在西方。

这种不偏不倚的态度是更令人瞩目的，因为这里描述的信仰与基督教教义是相容的。（在后面的《论马车》一章，蒙田描述了更具"异国情调"的印加信仰）。无论南美洲人民是否相信灵魂不朽，这个问题都不是作为形而上学被提出来的，而只是他们整体生活图景的一部分。

第二种写作手法是在"食人族"的世界（他们的鱼和肉、面包、剃须技术）与欧洲人的世界之间进行不断的比较，尽管这种比较不是明显的。通常两个世界的例子只是简单地并列在一起，不做判断。在有判断的地方，通常是以损害欧洲为例子。有些时候，蒙田甚至会进一步转换感知的视角：

p.80

把马带到那里的第一个人，即使他在之前的航行中与当地人打过交道，仍然令他们感到害怕。他们向他射箭，并在认出他之前就杀死了他。

当地人杀死马上的人，因为他们没有看清他，把他当成了怪物。蒙田引导着我们从美洲土著的视角看待那个人和马,这种写法在该章结尾,蒙田与三位来法国访问的美洲人的谈话中达到了高潮。在十八世纪——比如,格拉芙妮夫人(Mme de Graffigny)的《秘鲁人信件》(*Lettres d'une Péruvienne*),或伏尔泰的《天真汉》(*L'Ingénu*)——这种转换视角的写法和因此带来的陌生化效果,是剥离各种文化偏见的有力武器。

这个介绍性段落有助于读者同情美洲人社会中的两个特征,这两个特征通常会引起十六世纪欧洲人的反感。一个是食人,本章表面上的主题;另一个是一夫多妻制,蒙田在结尾处对其进行了简单的论述。食人习俗是被承认的,但是作为复杂而又融贯的风俗和信仰的一部分,其本身是有意义的。它依附于勇气和骄傲,这是强有力的积极的道德价值。这种道德类似于欧洲现代早期的荣耀观念。食人习俗与法国宗教战争中的行为——比如酷刑和残忍的处决方式——相比,后者似乎更令人厌恶。至于一夫多妻制,蒙田引用了《旧约》中的例子,并强调了"食人族"社会中,丈夫的妻子之间的毫无嫉妒与友爱关心。

蒙田在《论食人族》与《论马车》中对与美洲人的相遇的生动描述,以及在《为雷蒙·塞邦辩护》中对皮浪主义的讨论被视为对西方思想史的杰出贡献。它们创造了蒙田作为现代早期杰出人物的形象,被认为是现代欧洲文化所认同的相对主义、自由思考传统的奠基人和先行者。然而,为了让这一形象恢复原貌并得到恰当的理解,我们需要回到蒙田生活的时代，以他的眼光来观察。总之，我们要做蒙田让我们做的事，抛开我们的文化偏好，去除把蒙田当成为我们的思维方式辩护的榜样人物的想法。如果我们可以看到这些关于新大陆的章节、蒙田关于旅行的反思，以及在旅行日记中对人对物的精细的第一手观察（人们应该记得，日记是在第一版《论食人族》之后写的）是一个统一的整体，那么理解蒙田的旅程就可以开始了。它们把目光投向更广阔的世界，以及世界上发生的划时代变化。但是蒙田并没有对这些变化有特别的兴趣：他对美洲未来二三百年的样子没有丝毫预感，更不必说四百年后美洲会是什么样。他感兴趣的是人们的行为方式，他们的习俗、战争与和平，他们的武器、歌曲、欢快以及痛苦。最重要的，他永远着迷于观察本身。他的目光落在这些大相径庭、丰富多彩的事物上，这些事物引起他的思考。在这里我们又回到随笔的原则：无论视线落在哪里，通过反思，这都将成为一次锻炼判断力的机会。在这一意义上，与新大陆的相遇就是随笔原则的一个例证。

p.82

7

记录自我

p.83　　读者,这是一部真诚的书。从一开始就提醒你,我的目的仅仅是日常的和私人的。我没有考虑过你的需求或我的名声。我的才智达不到这种目的。我写书是为了家人与朋友,当他们失去我时(很快他们就会失去我),能够从书中认出我的体质和人格特征（some features of my constitution and humours）。[41]通过这种方法,他们能以更具体生动的方式回忆我。如果我想受到世界的青睐,我应该更注重我的表现,用更讲究的方式展现我自己。我想要以我简单、自然、日常的模式呈现我自己,没有卖弄与做作。因为我是为自己作画。只要公众允许,我就要描绘真实的生活和我的内在本性。据说有些民族仍旧活在原始的自然法则之下,享受着甜蜜的自由。如果我活在他们中间,我保证要把自己整个赤裸裸地描绘出来。因此,读者,我自己是这本书的素材。要求你把闲暇时光花费在这本肤浅的书上是不对的。那么,再见。蒙田,1580年3月1日。

p.84

致读者

序言和其他导论性的文字通常很重要。为《随笔集》第一版而写的这篇序言也不例外。对于一本篇幅巨大,并被广泛阅读的书来说,序言却出奇地简短和谦逊。与弗洛里奥(Florio)在1603年出版的英语译本的导言相比,读者就体会到蒙田为他的早期读者提供的指导是多么凝练。宣称只是为了家人与朋友,这必须被理解为比喻。读者被邀请采纳亲密朋友的立场,不要把蒙田的自我展露当作官方的肖像,而是当作私人纪念品。真诚也是重要的:蒙田好像是对了解并信任他的人说话。这里表明一个压倒一切的意图,即毫无保留地交流的意愿。

辩解性的序言是现代早期作品的特征,通常这类作品不属于"严肃"写作的体裁。在教会拥有巨大权力的时代,当印书仍被视为潜在的传播异端思想的危险手段时,这种辩解无疑是自我保护的必要手段。这可能是蒙田写作序言的部分目的:我们已经看到蒙田的许多素材与论点触碰到了正统思想与信仰的极限。但是序言想要辩护的首要是一种完整且开放的"自我画像"的观念，这一观念被浓缩在一个乌托邦式的裸体形象中。这个形象正呼应了《论食人族》这一章。如蒙田所说，这种程度的坦率在1580年出版的两卷书中还没有达到，但是当他后来写作《论维吉尔的几句诗》（Ⅲ.5），保护传统体面的最后一件单薄衣服就被彻底扔掉了。这当然也是隐喻：蒙田想展示的是他意识到了自己写作的创新开拓和打破传统的性质。

p.85

自画像的隐喻在蒙田作品中不时出现。最具体的例子之一来自《论自命不凡》（Ⅱ.17）：

> 我曾经在巴勒杜克（Bar-le-Duc）看到，西西里国王勒内（René）把他的自画像作为纪念品送给了弗朗索瓦二世（FrancisⅡ）。为什么用钢笔做自画像不被接受，用画笔就可以呢？

这个场景可追溯到1559年，蒙田写作《随笔集》之前的十二年。他是否当时就被自画像的魅力所打动，还是在开始写作随笔后才回想起当时的场景？很可能是后者，但是这则轶事的有趣之处在于自画像不仅是一个隐喻。勒内的礼物，不管作为艺术品价值如何，都属于在十六世纪发展起来的个人肖像画的一部分。尤其在法国，弗朗索瓦·克鲁特罗（François Clouet）对法国君主和其他重要人物的画像都栩栩如生。在这一时期的肖像画中，我们第一次感觉看到了人物本人，而不是一种理想化形象。体现自画像发展的杰出代表是伦勃朗（Rembrandt）的作品。伦勃朗为不同年龄段的自己画像，尤其是描绘了他步入衰老的过程。这些作品属于《随笔集》之后的那个时代，它们同样记录了个人随时间而发生的变化。

p.86

然而肖像画不是蒙田表达自我表征的隐喻中最原创和最有成效的：它是静态的，而不是动态的，它不能呈现时间的连续性和流动性，而这是他感知自身与世界的本质方式。到1580年写序时，他已经发现了描述他内心探索的其他方式，正如以下这段同样出自《论自命不凡》的丰富又复杂的文字所说：

> 人们总是看着对方；至于我，我把目光折叠，令其向内，让它在内心停留、探索。每个人看向前面的东西；至于我，我看向自己内部，我只关心自己，不停地观察自己，我监控自己，我体验自己。其他人即使想到这些也总会走向别处，没有人试图走向自己，[42]至于我，我始终包裹在自身之中。

蒙田的措辞让我们可以从语言的角度探讨自我探究的话题，我们可以讨论语法和词汇的可能性与限制。它提供了夸张地运用第一人称句法的实例。主语代词"我"（"I"）不断被重复，几乎有些过度。同时还伴随着对代词"我"（"me"）和一系列反身形式的强调和析取："我观察自己""我监控自己""我体验自己""我始终包裹在自身之中"。事实上，这段文字中有不下二十个各种形式的第一人称代词。这种对自我的执着还体现在并列的表达上：[43]这里没有论证，只有单一主题以不同形式和不同隐喻风格的重复。这些隐喻，比如"折叠"，"包裹"，本身表示了一种反身性（reflexive）的运动，并提示了构成《随笔集》的本质线索：法语表达（je me contrerolle）被翻译为"我监控自己（I monitor myself）"，这一表达与第一卷第八章中的"做记录（make a record）"密切相关。"我体验自己（I sample myself）"（字面意思是，我品尝自己"I taste myself"）是与"随笔"的概念密切相关的一系列用语和隐喻之一。

在英语中，"自我"一词自中世纪后期就被用作名词。莎士比亚很快就将其用作探索角色内心世界的工具。然而英语名词"自我"并不像法语 le moi（字面上是"the me"）那样以第一人称单数出现。在蒙田写《随笔集》时，法语的这种用法还没有流行起来。人们可能会认为蒙田不可避免地要对法语做出微小但意义重大的改变，因为要表征第一人称的内在性质，并给予其具体可感的存在，就要丰富的语言资源。但是这样的名词在其写作中并没有出现。首先这样用的人是诗人菲利普·德斯波兹（Philippe Desportes），他对这个词的使用可能只是一种预兆，本身并不引人注目。然而，在蒙田去世后的五十年内，这个名词在笛卡尔（Descartes）的《谈谈方法》（*Discourse on the Method*）中被使用。又过了二十年，帕斯卡（Pascal）把 moi 当作严厉批判的对象，公开回应他所谓的蒙田的"愚蠢的自我肖像课题"。[44]某种产生了新的自我概念的转变已然发生了。由于《随笔集》中第一人称反思主题以及相应语言形式的反复出现和密集使用，它毫无疑问为这一转变奠定了基础。

p.88

什么因素使这种现象在蒙田的写作中成型？在本书第二章中，我们已经见到了蒙田为自己的目的而借鉴的主要论述模式。其中，人文主义者对过去作家的"模仿"实践促进了蒙田的写作，通过"模仿"，多年阅读所吸收和内化的素材以新的形式提出来。意大利人文主义者安杰洛·波利齐亚诺（Angelo Poliziano），以及一代人之后的伊拉斯谟（Erasmus），提出了"表达自我"的概念来描述以上过程。蒙田走得更远，他强调了作者自己声音的优先性："我说别人是为了更好地说自己"（参见上文第 24 页）。他把《随笔集》比作对话或写信，宣称他更偏爱口头模式，而不是书面模式，更喜欢即兴写作，而不喜欢精心策划和构建的话语，喜欢日常的、熟悉的风格，而不是形式化的、注重修辞的风格。所有这些特征都能够在 1580 年序言中瞥见其雏形，尤其是蒙田在序言中采用的说话方式。

蒙田向内转向的另一个重要因素是抛开了宗教和教会的限制。这一点我们在本书第四章、第五章和第六章已经看到过。宗教里的忏悔允许罪人说出内心里隐藏的罪过，但这仅是为了谴责并清除它们：顾名思义，忏悔总是受到严密的监控。这种悔罪的阴影笼罩了许多蒙田自我描述的段落（尤其是II.17与III.9），但仅是一种温和的辩解或自嘲的语气。更重要的是，通过追寻自我的思绪，无论这一思绪将引向何方，都坚决地以世俗的方式来谈论人类境况，蒙田开辟了一整个个人经验的序列，这些经验就是探索自我的合法场域。死亡是这些经验的其中之一，在蒙田对骑马事故的记述中，濒死体验得到了细致的研究，但是没有涉及在十六世纪围绕着死亡的道德与宗教的考量，更没有涉及死后的灵魂。蒙田对肾结石的回应是另一例证。这种病症从十六世纪七十年代末期开始困扰着蒙田。蒙田的谈论开启了当时相关的医学理论与实践[45]的讨论，同时在旅行日记中有详细生动的记述。一个更引人注目的例子是在第三卷第五章中对性经验（他自己的和其他人的）的漫长沉思。这一章以"辩解"的文字为开端，因为他如此坦率地谈论一个禁忌话题。

蒙田的余生中一直在哀悼艾蒂安·德拉博埃西（Estienne de La Boétie）的死亡，这也属于个人经验的范畴，在蒙田的向内凝视中起着作用。在《论友谊》（I.28）中的短暂而强烈的感情可以被解读为，由人文主义者的模仿转变为表达个人见解的杰出范例。一方面，蒙田的个人叙述可以被嫁接到古代文本中，从亚里士多德、柏拉图到西塞罗的《论友谊》，这些文本都将男性友谊作为最高贵的人际关系形式。

另一方面,这一章中的某些段落被称为法国抒情散文的杰出范例——出自一位自称诗歌的优雅与对称是其力所不及的作家之手。虽然翻译无法捕捉到原文的大胆压缩、重复和对称,但我们还是看一下这两个例子: p.90

> 如果你逼我说为什么爱他,我觉得那无法表达,[C]除了回应:"因为是他,因为是我。"[A]除了我理解以及我能够理性说明的东西,某些神秘的力量促成了我们的相遇。[C]还没见面,只听说彼此的名字,就有超出常情的好感。就渴望见面。我相信这里面有超自然的力量。我们通过名字相互拥抱……[A]……我们的灵魂如此紧密地在一起,他们怀着热烈而平等的目光凝视对方,相互袒露自己的内心,以致我不仅了解他就像了解我自己,而且我愿意把自己托付给他,而不是托付给自己。[46]

I.28:《论友谊》

这一段落使许多当代的读者认为这两个男人之间的吸引是性吸引力。但是蒙田明确地说过:"这种希腊式的性关系是理所当然被我们的习俗所憎恶的",而且后面关于性的一章（Ⅲ.5）表明蒙田与很多女人有风流韵事。然而，这些与新的谈论自我方式的出现关系并不大。蒙田与"另一个自己"相遇所产生的结晶才是谈论自我的核心。这种表达方式的希腊形式（heteros autos）被亚里士多德用来论述友谊，拉丁文形式 alter ego 更接近法语 le moi 的概念，因为它以第一人称代词为特征。这种用词法在蒙田写作《论友谊》时明显地体现出来，促使他使用第一人称代词和反身代词，并且把它们当成接近名词的东西。（"因为是我"，"……把自己托付给他，而不是托付给自己"）。[47]

第一人称单数在《随笔集》中是强有力的线索，但是它只是一种短暂的和断断续续的*叙述*模式。即使把这种向自我叙事的短暂转变看作一个世纪或两个世纪之后会出现的自我概念的征兆，《论实践》也是一个例外。很明显，蒙田从来没有把叙述自我作为组织写作的方式。在随笔的写作模式下，各种微观叙事，无论是"借用的"还是个人的，都只是作为例子或测试的案例。[48]然而，还有其他原因来说明在《随笔集》中出现的早期现代的自我概念是反–叙事（anti-narrative）的。来看一下《论忏悔》中的这一著名段落：

> 我不能保持我这个人不动。他带着醉态，跌跌撞撞往前走。在我思考他的时候，我只抓住他碰巧所在的位置。我不能描绘存在。我描绘过程：不是从一个时代到另一个时代的过渡，也不是如人

们所说,从一个七年之期到另一个,而是从一天到另一天,从一分钟到另一分钟。我的历史要与时俱进。我会很快改变,随时间改变,也随意图改变。这是世事多样变化,思想悬而未决,甚至相互矛盾的写照。或者是我换了一个人,或者是我在其他的境况或角度考虑问题。我可能自相矛盾,但是如狄马德斯(Demades)所说,我并不违背真实。如果我的思想能够安定下来,那我就不再试探,下定决心。我的心灵永远处在学徒和试验阶段。

p.92

同一性的破裂是蒙田感知世界的特征。这是《论虚空》的潜在主题——旅行不仅是与他者相遇,它允许旅行者自身不断成为他者——而且是《辩护》中皮浪派知识批判的必然结果。如果今天的"我"与昨天或明天的不一样,生病的"我"与健康的"我"不一样等,那么自我认知是不可能的。一百年之后,约翰·洛克(John Locke)在记忆中(或扩展来说"意识中")发现了个体同一性(personal identity)的概念,并以之作为把分离的经验瞬间连接起来的机制。[49]蒙田不可能预见到这一思想,因为分裂的自我概念在当时还没有被充分理解。即使有这一概念,蒙田也很可能反对这种思想。蒙田经常提起的对自我的指责是他记忆力很差:他记不住他读的东西,甚至记不住很早之前写的随笔。这可能部分是真的,但是这也是一种策略。没有记忆,任何连续的叙述都不可能存在,更不用说自我的叙述。蒙田对记忆的忽视促成了随笔的原则,它强调方式,而不强调内容。在《随笔集》中只有思想之流的某些片段的记录。

蒙田把个人看作一系列短暂的体验,这一观点可能被某些段落反驳,比如如下段落(同样来源于《论忏悔》),该段表达了某种人格的不变性:

> 考虑一下经验告诉我们什么:凡是倾听自身的人,没人会发现不了一种内在的占主导地位的形式(a form of his own, a dominant form),[50]这形式抗拒着与之相悖的外部的教育和激情。对于我来说,我几乎感觉不到外部的影响,我一直处在我的位置,就像那笨重的躯体。如果我失去常态,也不会太离谱。

人们如何解释这种令人不安的视角转换?首先,这里所说的内在形式是在倾听自身的过程中出现的,也就是说一种时间过程。它不能被直接地、一步到位地发现。《随笔集》就是这样的倾听过程,延续多年,心灵的活动都被记录下来。透过这些记录表面上的随机与分散,一个内在的形式①就被发现了。这是一种特定倾向或存在方式,它不会被教育

---

① 可以大致理解成内在本性。——译者注

强迫，也不会被个人暂时情感的爆发掩盖。这就是《随笔集》的"自我画像"，一种由时间和机遇引发，并总是对视角变化敞开大门的画像。第二，这种在表面上的离心力与核心处的向心力的紧张，与我们已经遇到的一组对立相匹配。那就是在不断探索的心灵与谨慎保守的态度之间的对立。前者总是思考不同的东西，后者则在关键时刻抑制异端思想。事实上，"对立"毫无疑问是用词错误。表面上对立的两级实际上是相互依存、内在相连的。这好像是为蒙田的"幻想"开启想象之旅提供了一个稳定的、根深蒂固的基点。

所以这最后一段也是记录心灵难以捉摸活动的写作计划的组成部分。倾听的意象，一半是隐喻，一半是真实，关注于记录和揭示的过程本身，关注于我们称为"同一性"建立的认知模式。这是最好的阅读蒙田关于"自我"的文字的方式。我们可以合理地把《随笔集》作为现代自传和自传体小说的先行者，虽然它不属于这两种体裁。我们也可以把它视为一种探索，对复杂且令人困扰的心理经验的探索，对疑难的个人问题，比如友谊、性、丧亲之痛、暴力、痛苦与死亡的探索，这些在他的时代都相当新奇，但也都根植于我们文化中的困惑与惊异。不可否认的是，《随笔集》清晰展现了蒙田如何观察和记录以上问题的尝试。他着迷于自我观察，甚至更多的是认知方法，通过它，可以更好地追踪和区分心灵活动。人们可以看到在蒙田创作的早期阶段，这些方法就已经出现了，之后它一直扩大范围，并持续到最后。

8

对 话

p.96 有人天性孤僻沉默。我的天性适合交流和表达。我完全活在外界,在众人的视线里。我为社交和友谊而生。我享受和鼓吹的孤独仅仅是为了让情感和思想回到我自身。限制和减少的是欲望和焦虑,而不是我的步伐。避免关心外界的事,像躲避瘟疫一样躲避奴役和义务[C]——人群带来的压力远不如事务带来的压力。

Ⅲ.3《论三种交往》

显然,在《随笔集》中并没有明显的"内部"与"外部"的界限。第一人称单数主语作为线索把它们连接起来,作为移动的目光所凝视的对象。所看之事、所读之事、所经历之事都转变为"阅历",即最后一章的主题。然而这似乎暗示蒙田写作的视角首要是以自我为导向的。这种解读可能是错的。虽然蒙田对内心世界的探索是重要的,但是如所引段落展示的那样,其自身不能作为《随笔集》的唯一线索。所引段落所在的章节标题中有"交往"①一词,其意味着"关系",当然商业隐喻中的"交换"概念也是核心。通过宣扬与人交往的重要性,蒙田抵消了他是一位专注于自我的纯粹内省的作家的神话。[51]在该章的结尾,蒙田描述了他庄园中的一座塔,在那里他修建了图书馆、卧室甚至一座小教堂,他可以在其中阅读、反思和写作——或口述——《随笔集》。那个描述和这座塔本身(现在仍然存在,并且非常值得参观)为一个孤独、沉思的蒙田的神话提供了具体的对应物。然而,如果联系整章的语境来读,它看起来就非常不同。在三种被讨论的关系中,第三种——和书的交往——被给予最低的优先性,尽管蒙田承认这是一个适合老年男子的工作。与男人的社会交往,包括友谊,是第一位的,而与女人的社会交往(在第三卷第五章《论维吉尔的几句诗》有更多的讨论)位居第二。

p.97

这一章重申了蒙田对于口头模式的偏爱,提升了与他人接触,到世界中去与人交流的愿望。这也与他对旅行的热情,他的不可遏制的想去新地方、想见不同的人的愿望相一

---

①   commerce,也有商业、贸易的意思。——译者注

致。因此这引出了交流的主题,这也是第三卷《论交谈艺术》(Ⅲ.8)的主题。蒙田在这里也将其当成一种描写心灵的练习:

> 对我来说,最富有成效和自然的锻炼心灵的方法是交谈。我发现这比其他行动更富有功效。这就是为什么,如果我被迫选择,我会选择失去视力,而不是失去听力与说话的能力。雅典人、罗马人在他们的学院中,这种锻炼享有极高的荣誉。在我们的时代,意大利人仍保有遗风,这对他们有很多好处,从我们与他们理解力的比较上就看得出来。书本学习是虚弱的,令人厌倦的,它会让你变得冷漠。然而交谈既能教育你,也能锻炼你。如果我和一个强大的头脑,一个强硬的对手交谈,他会从两翼攻击我,让我左支右绌。他的思想点燃了我。嫉妒、骄傲、竞争促使我前进,使我超过自己的水平。和和气气在谈话中是最没劲的。

这一段落清晰地显示出蒙田对"交谈"有特殊的理解。它绝不是闲谈,蒙田说过讨厌闲谈。他所考虑的交谈更接近讨论或争论。虽然"交谈"是他使用的法语词(conférer)的意义。这篇文章的语境为我们理解"交谈"提供了坐标。古典时代的学院，尤其是希腊，也包括罗马，保留了苏格拉底式辩论的传统：这几乎不是传统意义上的"交谈"，然而保留了口头交流的意义，两个人以开放的形式讨论重要问题。十五、十六世纪的意大利新柏拉图主义哲学家模仿古代传统建立了自己的学院，这无疑是蒙田在这里提到的意大利人的遗风。但半哲学化的讨论在意大利城市的精英社会和乌尔比诺（Urbino）这样的王室法庭中也被培养起来，一系列由意大利语写成并且很快被翻译成其他语言的"礼文手册"（courtesy books）为这种"文明谈话"提供了模板，尤其是它们都是以对话形式写成的。与意大利的学院一样，这些非学术化讨论也可能是蒙田所指的古典辩论传统的遗迹。蒙田属于法国迅速崛起的受过教育且富裕的地方法官和行政人员的阶层，一个"新贵族"，他们有充足的闲暇来进行严肃的交谈。因此，蒙田的言论可以被置于意大利文艺复兴的宫廷社会与十七世纪著名的法国沙龙之间的过渡点上，在那里，受过教育的男男女女讨论着文学、哲学和科学问题，没有一点学究气。

p.99

然而在《随笔集》的语境中，交谈有更具体的意义。其与"随笔"的原则联系在一起，使这些原则走出孤立的图书馆和塔楼，给蒙田对心灵的记录带来了一个本质要素：即对于交谈的渴望。这就是保留交谈这一概念的重要性。与争论或讨论不同，争论与讨论暗含了更多的正式哲学立场，而交谈则是两个心灵亲密的接触与交流。基于这种理解，最好的交谈是一种哲学,而交谈就是最好的哲学。

在这一章中蒙田始终坚持重要的不是内容,而是谈话的行为(或艺术),这使得随笔中交谈的统一性显豁起来。他说:"我不怎么在乎内容,所有观点都是同等的,哪个观点占据上风我是漠不关心的。"这种"漠不关心"为所有可能的谈话主题敞开了大门,包括最肤浅的、最夸张的和自相矛盾的。在某些段落里,蒙田暗示了皮浪派的悬置判断,使用了"平衡的尺度"的隐喻。同皮浪派一样,蒙田所描述的谈话是对真理的永恒追求,除了一个暂时性的结论,得不到任何结果,但也永不放弃对真的追逐。

如何实施这一追求呢?在这一章中蒙田一再提起的词是"秩序(order)":"我对论证的力量与精巧的要求不及对条理的要求——这种秩序每天都可以在牧羊人与店员的争吵中看到,我们之中却没有。"这一条件是本质性的。所谓条理,蒙田不是指中世纪经院哲学家按照亚里士多德的模式发展起来的逻辑,也不是指人文主义者提倡的新逻辑或"辩证法"。事实上,他提起这些形式化的论证模式时都表现出不屑一顾。他所寻求的是对手头上各种事物之真相的一心一意的追求,排除各种困惑、纷扰和推诿。这就是为什么在对话中,双方都必须是"强硬的斗士",警觉、敏捷、对对方的一举一动都能做出反应。那么,"秩序"某种程度上意味着"适当",即适当地调整心灵的关注力,使其注意到说话者的处境。就像在狩猎中:"追逐过程中不断的奔跑和兴奋本身才是我们真正的猎物,如果我们做得不好,做得不恰当,那是不可原谅的,而如果没有打到猎物那则是另一回事。"

因此,蒙田对说话者的心理境况,或更准确地说是认知境况展示出了特别的兴趣。为了恰当地回应,不要去理解对方说了什么,而要去理解他想说什么和为什么这样说(In order to reply pertinently, it is essential to understand not what your interlocutor says but what he means to say and why he means to say it.)。[52]有些人很可能会无意中说出一句漂亮的话,要么是因为他们在没有真正理解的情况下借用了它,要么是因为他碰巧遇到了一个恰当的措辞。你需要探究对话者的心灵,了解他的视角和才智水平,才能正确地诠释他的话。蒙田说过,当他与一位精力充沛的对手交谈时,他常常能够补充他未说完的话,提前猜出他的意思:

> 我喜欢预测他的结论,我免去了他解释自己的麻烦,我试着在他的思想刚形成时就抓住它,虽然它还没有完全成型(他的思想一旦有条理则会警告我,对我构成威胁)。对于其他人,我恰恰相反:除了他所说的,我不去解释任何东西,也不预判任何东西。

同样,绝不应该允许气愤或骄傲的情绪污染谈话:它们容易转移话题,并创造虚假的意图。如果它们出现在一个对话者身上,另一个人必须意识到这一点并做出调整。然而,这些认知因素中最重要的是说话者对自己与对方相对能力的感知。苏格拉底会愉快地欢迎所有的反对和反驳,因为他对自己的能力有自信。但是我们中的大多数,如蒙田所说,则恰恰相反:越认为自己高人一等,就对对话者的批评越没有耐心;相反,越是傲慢地提出反对意见,我们就越不可能相信它们。

蒙田在这一章中把交谈分析为人际认知的锻炼,这种理解应该与他在《随笔集》或旅行日记中关于各种人际交流的论述结合起来阅读。最具启发性的事例是他与敌人军队面对面遭遇的故事,在这些故事中,他和他的同伴(至少在一个案例中,他的家人和财产都面临危险)面临严重的风险。在法国宗教战争期间,这种事情是非常可能发生的。在两次类似事件中,他声称自己安然无恙。这是因为他冷静且开放的态度令敌人印象深刻,或者说令其感到羞愧:人们可能会认为他的人际交往技能,他对敌对双方心理因素的觉知,使得他能够控制局面。[53]在内战的背景下,对于交流模式的掌握是非常必要的。内战中人们分成对立的两派,对于被当作敌人的人,客观的理解就更难达到了。

蒙田的这一形象也符合旅行日记中的描述,在天主教徒与新教徒之间斡旋,而且受到双方的信任和尊重。但是这种形象首先体现在蒙田作为国王信任的调解人的身份上,他以这种身份执行着微妙的调停与和解任务。我们当然听不到这些对话,但是在十六世纪八十年代的信件中仍回旋着这些对话的余音(参见上文第54页)。从更广泛的角度来看,蒙田作为调解者的策略和风格在《随笔集》第三卷的开篇也有所描述。他顺便提到了那些向双方告密的人(实际上的双面间谍),然后又回到了自己身上:

> 我对一方不会说的话,不会换个时机,改变腔调去和另一方说。我允许自己说中立的事情、双方都知道的事情、或对双方都有用的事情。没有什么情况能让我说谎。让我保密的事,我小心翼翼地隐藏,但我也尽量不去碰这类事:得知了君王的秘密,对于拿它无用的人来说也是一种尴尬。我很乐意做这样的交易:我不好说出去的事尽量少和我讲,而我说的话他们绝对可以相信。结果我知道的事总比我要知道的多。[C] 坦率的说话方式使谈话更加坦率,一切和盘托出,就像酒与爱情……[B] 如果我必须成为一个欺骗的工具,至少不要以我的良心为代价。我不想被认为是忠实的仆人,可以被指使去背叛任何人。

在这里人们会再一次把蒙田认作一个诚实和坦率的人。一个中立、不偏不倚的人,他在交战各派之间灵巧地穿梭,并尽可能保持自己的清白。事实上,这一形象超出了蒙田作

p.104

为调解者的身份。这个形象从《随笔集》第一页始就渗透其间。外交官因此成为蒙田文字中一个引人注目的象征,它既出现在所有对话的协商中,也出现在依从于各种语境且指向各种目标的交谈中。

在《随笔集》的最后一章《论阅历》中,蒙田给出了一个言语交流的强有力的隐喻:

> 言谈一半属于说话者,一半属于倾听者,倾听者必须准备好按照声音的特点来接受它。就像打网球,防守者要根据击球手的运动与球路来站好位置,做好准备。[54]

蒙田所说的"对话"是一种实践,也是锻炼。它提供了认知锻炼,一种当人们相遇交谈时,理解自身以及他人话语的形式与意图的不断更新的锻炼。随笔是一种试图理解思维那迷宫般路径的练习,并试图把这些理解在社会交流活动中实施出来。因此交谈的模式与随笔的模式是高度一致的。人们可能会认为蒙田对公正社会的偏好,以及对困惑无能之人的鄙视,限制了他观点的价值,因为这些观点看起来是傲慢的且精英主义的。然而,这种看法可能是错的。如果苏格拉底代表了论辩交流的理想化形式,那么"牧羊人与店员"的对话就提供了更现实的模板。蒙田鄙视知识与逻辑的自命不凡,正如蒙田鄙视愚蠢一样。蒙田对对话有很高的要求,因为对话浓缩了蒙田对语言该如何使用的所有观点：通过语言来思考，保持融贯和恰当，这是一个严格的领域，而且更毋庸置疑的是，与网球或形式逻辑不同，这个领域没有现成的规则手册。

最后，对话模式对于《随笔集》是至关重要的。因为虽然蒙田经常描绘自己在孤独中思考和写作，但是他也经常想象自己是为"他人"而写的，无论"他人"可能是指可以接替艾蒂安·德拉博埃西的完美朋友，或者蒙田日常社会交往中的朋友与家人，抑或不计其数的不知姓名的读者。

9

为未来写作

p.106

我为少数人写书，也没有几年可写了。如果书的主题是持久的，我就应该用更持久的语言来写。从现有语言的连续不断的变化来看，它目前的形式在一百年后仍有使用的希望吗？[C] 它天天从指尖流逝而去，从我出生起，已有一半发生了变化。我们说语言现在已经达到了完美。每个时代都是这么说自己的语言的。只要语言像目前这样不断流逝，并改变形式，我就不希望它能保持不变。语言在真正有价值的作品那里得以固定，它的权威随我们国家的沉浮而升降。[B] 因此，我不怕在我的书里插入私人的东西，今日活着的人中会有人看的……然而，如果你仔细看，你会发现在这些回忆录中，我已经说了一切，或至少暗示了一切。我不能公开表达的，我就指出来……

> 有人对我的描绘不符实际，即使是对我的赞美，我也愿意从另一个世界回来反驳他。
>
> Ⅲ.9：《论虚空》

蒙田把自己的作品当作暂时性的，这一点不仅体现在第三卷第九章的虚空主题上，而且是记录暂时想法的创作理念的必然结果。这本书主题上的不断变换是为记录个人某个瞬间时刻的状态所付出的代价。[55] 只有了解蒙田和与其活在相同时代的人，才能把《随笔集》当作一个活生生的人的倾诉。然而，这种"实时"交流对话的模式对这本书来说仍是至关重要的：读者被鼓励尽可能地扮演活生生的朋友的角色。在这一章的前几页中，蒙田便已表达了这样的愿望：希望他的书能帮他找到和他脾气相投的理想的朋友。对于这位想象中的朋友，蒙田的书是了解他的捷径，只用三天就可传达蒙田的信息，否则，可能要花几年才能了解蒙田其人。所引段落同时也表明：书里什么都写了，读者要准备好仔细阅读，并听出书中没有明确说出的弦外之音。人们也许可以重新表述这一隐喻性的表达，即读者把自己置身于书中的内部环境，从而摆脱外部环境和时间的束缚。按照这种理解方式，《随笔集》就是一个精灵：它活在当下的世界，随时准备为蒙田说话。

p.107

以上段落中的个人主题是在更广泛的对语言与文化的反思中展开的。如蒙田所说，语言会变异，这使得以此种语言写就的作品难以理解。拉丁语的例子证明了他的观点。蒙田仍旧把拉丁语当作用来记述真正重要之事的更持久的语言，讽刺的是如果《随笔集》用拉丁文写成，那么现今很少有人能读《随笔集》。法语在过去的一百年里确实发生了很大的变化，但在接下来的一百年里，借助法兰西学术院（Académie Française）的权威，[56]法语稳定了下来，并已经成为新的欧洲通用语言。因此，现代的法国读者才可以毫不费力地阅读《随笔集》。当然对于独属于蒙田时代和文化的词形的变化还是要注意。

那么，如果能理解《随笔集》的不仅是对蒙田有所了解的朋友亲人，谁会是那个可以做蒙田朋友的特别读者呢？在《论自命不凡》（Ⅱ.17）中，蒙田问了这一个问题："［C］那么你为谁而写作呢？"在这同一章和《论华而不实的技巧》（Ⅰ.54）中，通过排除法，蒙田给出了回答：

> 如果这些随笔值得评价，在我看来，它们不太适合普通而庸俗的人的口味，也不太适合稀有的杰出之人的口味，前者理解太少，后者则太过。这些文章应该在中间的领域找到自己的位置。

这样的段落——无论是这里的自嘲，还是第二卷第十七章的坦率的精英主义——都向读者发出了一个邀请：去占据中间位置，来理解蒙田真正想说的话，关注那隐藏的含义，那些未说出或说出一半的东西，以及蒙田所说的"角落里的话语"。重要的是这意味着优先考虑《论闲散》中已经初步表露的写作目的，并且正确地理解随笔一词的意义。

p.109

　　《随笔集》很快成功了，在1588年蒙田增加第三卷时，他已经相当有名了。在第三卷第五章，他调侃说《随笔集》是一本"咖啡桌书籍"。然而，大部分的早期读者把《随笔集》当作文艺复兴的杂记体裁，或者是一系列"道德、政治和军事评论"，1590年的意大利文译本就是这么说的。蒙田的言外之意是真正把握要点的读者非常少。不过在他生命的晚年，出现了这样一位读者，这是一位名叫玛丽·德古尔内（Marie de Gournay）的女子。她对《随笔集》的痴迷促使她与作者取得联系，并与其建立了深厚的友谊。这无疑弥补了蒙田失去艾蒂安·德拉博埃西的损失。之后，她被蒙田称为"义女"。在蒙田死后，她负责《随笔集》新版本的出版，最后一版出现在1635年。她也是蒙田为反驳批评者而作的一系列文章的热情支持者，而且她被视为在蒙田在世时对其作品的理解方式与未来的理解视角之间进行转换的重要媒介。在她为1595年版本《随笔集》写的长篇序言中，她引用了蒙田自己的话，《随笔集》"不是为初学者而写"（Ⅲ.8：《论交谈的艺术》）。人们抱怨《随笔集》有些晦涩，她说："这本书不是学徒的基本手册，它是大师的古兰经，哲学的精髓。不

p.110

能浅尝辄止，而应该仔细消化和提炼。这本书应该被最晚拿起，也应该被最晚放下。"⁵⁷

在《随笔集》中，这种"困难晦涩"的感觉在我们已经看过的几个段落里出现过，这些段落在试图阐述写作或思维的活动，试图抓住未知的事物："当我已尽己所能，我仍旧不能感到满意。我可以看到远处的地形，但模模糊糊"，"我们在这动摇了知识的界限和最后的藩篱。"⁵⁸如果人们把这些文字与本章开篇所引段落并列放在一起，可以看出蒙田表达了对意义的遗失的焦虑，随着语言状况和语境的改变，意义的改变可能会侵蚀这本书。人们也许会说重要的是蒙田想要为未来写作，或至少是为不可预见的将来写作。他想接触的罕见读者，包括那些还没出生的人，就像来自其他宇宙的生物一样。

那么他的书会有什么未来呢？首先发生的是书的标题被一再使用，成为一种常见体裁。这一发展首先发生在英国。甚至在1603年弗洛里奥的译本出版并产生巨大影响之前，弗朗西斯·培根（Francis Bacon）就已经使用了这一标题来表达自己对各种主题的思考。在十七世纪，其他作家也相继采用这个标题：比如，亚伯拉罕·考利（Abraham Cowley）写了名为《论我自己》的名副其实的蒙田式随笔，并于1668年出版。作为一种文学体裁，随笔首先在英语中普及开来，而不是法语。这部分是因为它非正式、开放性的特点与十七世纪法国流行的严格的新经典主义（neo-classicism）格格不入。

同样，部分英国的经验主义哲学家把随笔当成形式逻辑与高度抽象的形而上学的替代品（约翰·洛克1690年的《人类理解论》就是典范）。 p.111

在思想史中，对《随笔集》的接受经历了一个突变，这一突变时至今日仍有影响。从1581年教廷对《随笔集》温和而非强制性的审查（他们只提出很少反对意见），到1640年和1676年西班牙和罗马分别将其列为禁书，蒙田与法国的自由思想联系在一起，被认为是怀疑论的传播者，而怀疑论被认为破坏了宗教信仰的根基。这一解读根深蒂固，成为西方现代世俗思想演化的关键线索之一。《随笔集》也被写入了十八世纪法国哲学的前史，尤其是孟德斯鸠（Montesquieu）和伏尔泰（Voltaire），他们的文化相对主义为西方自由思想提供了模板。伏尔泰的故事以"单纯"的观察者为特点，比如老实人（Candide）和天真汉（L'Ingénu），他们的作用是颠覆读者的欧洲中心主义（通常是法国中心主义）假设，而这使得蒙田对世界习俗多样性的反思进入了全新领域。他们还借鉴了蒙田在《论食人族》中的陌生化技巧。同样，卢梭（Rousseau）的"高贵的野蛮人"也深受蒙田对新大陆人民理想化描绘的影响。

思想史也经常把蒙田与笛卡尔联系起来，笛卡尔的理性主义哲学在很多方面与蒙田正相反。笛卡尔将第一人称主体作为思想中心的做法（"我思故我在"）[59]显得他好像是蒙田第一人称写作的继承人，虽然笛卡尔的主体概念是相当抽 p.112

象的，与蒙田的不断变化的具体自我十分不同。类似地，笛卡尔使用皮浪派怀疑来清理所有之前的哲学与知识（著名的白板），然后进入根基牢固的哲学体系。然而蒙田保持连续的怀疑，以便他的探索是开放的、永无止境的。在十七世纪早期的法国，《随笔集》是广为流传的一本书，虽然并不清楚笛卡尔对《随笔集》的了解有多深，但是在任何西方现代思想的"宏大叙事"中，他们的形象经常被以某种方式联系在一起。[60]

在蒙田给予未来的所有馈赠中——或者说限制，从对未来的影响来看，很难说清到底哪个更恰当——最容易被现代读者所接受的是他对被笼统的称作"生平-写作（life-writing）"的扩展。没有有力的证据表明蒙田读过奥古斯丁的《忏悔录》(*Confessions*)，这本书直到1649年才被翻译成法语，但是在蒙田的时代，这部作品肯定有拉丁文版本，而且正如我们已经看到的，在《论忏悔》中蒙田探讨了如果人的一生中没有忏悔罪过和皈依宗教，那么会发生什么。忏悔罪过，转变自我进而皈依宗教正是奥古斯丁著作的结论。大约两百年之后，卢梭的《忏悔录》(*Confessions*)在很大程度上体现了这一叙事结构的某种变体。"转变"朝向了另一方向，从原初的天真无邪到负有罪孽（换句话说，这是堕落而不是转变）。卢梭只是勉强承认《随笔集》的影响，但是当他说要像医生一样对自己做手术，并且同蒙田一样，"记录"这些手术，很明显他已经仔细读过前辈的作品了。[61]卢梭为自己的内心生活强加了一种叙事结构，这与蒙田的碎片化的、非叙事的模式不类似，却推进了生平写作向现代自传的演化。[62] 随着欧洲小说的兴起，这种建构生活因果链的自传写法与蒙田的模式有了更大的距离，但是他仍旧是第一批为生平写作开辟道路的人之一。

所有这些蒙田可能有所预见。他也许会对自己的书沿着即兴的轨道走出这么远而感到满意。不过他可能会为自己的书与基督教信仰的衰落联系起来而沮丧。更符合他的表达偏好的是最近的一种看法，即他做哲学的方法为笛卡尔理性主义——其为诸多现代思想的源头——提供了有益的替代方案。斯蒂芬·图尔敏（Stephen Toulmin）在《大都市：现代性的隐藏议程》（*Cosmopolis: The Hidden Agenda of Modernity*）中论述道：笛卡尔方法的潜在逻辑与物理科学和理性主义政治理论的崛起一道，以这样或那样的形式，被接受为现代社会严肃论辩的普遍模式。图尔敏认为这是一种思想史的错误转向，我们应该超越笛卡尔，回到更开放、更灵活、更具探索性的人文主义思想上去。这种思想在《随笔集》中得到了最完全的体现。[63] 安妮·哈特尔（Anne Hartle）创作了一本试图在不曲解蒙田思维模式的情况下，将其纳入学术研究的著作。[64] 在书中她采纳了蒙田的说法"一个新的人物——一个偶然、即兴的哲学家！"（II.12）

一种解读《随笔集》的诠释史的方式（我只能涉及这种解读的一部分）是，虽然蒙田完全属于他的时代，但是他是

p.114

面向我们所谓的"现代"而写作的。他一定有一种模糊的感觉,即他的书不可能在他的时代获得所有可能的意义,它需要未来的语境。在一定意义上,蒙田通过富有穿透力的论述引出了这些未来的可能性。对《随笔集》的诠释,正如对大多数名著的诠释那样,不仅仅是在新的语境下,分散的一系列的再解释。在一定意义上,这些解释使书的意义完整,但是绝没有穷尽其可能性。如果将来所有的对《随笔集》的解读都是误读——因为我们无法真正与著书立说时的蒙田处于同一境界并重新思考他的想法,那么把这本书当作开始新的冒险的脚手架就会是一个非凡的理解角度。这正如蒙田对普鲁塔克和其他作家的借鉴一致。让我们回到第一卷第二十六章的那句关键的话:"我说别人是为了更好地说我自己"。几页之后,蒙田又阐述道:"这已经不完全是柏拉图的观点了,它也是我的观点,因为他和我以相同的方式理解和看待它。"这句话本身就是对塞涅卡的改写。所以某种创造性借鉴的观念已经在几个世纪内震荡回响了。帕斯卡接过这一观念,把它写成更有力的形式,以此来描述他对《随笔集》的解读(或者说误读):"不是蒙田那里,而是在我自己身上,我发现了我看到的一切。"[65]简单来说,这就是如何按照蒙田自己提出的原则来使用他的书,但结果是蒙田永远预料不到的。

　　这个原则之所以有效,是因为这本书写作的每一个方面,从句子的结构开始,都符合随笔的原则。并不是蒙田的写作不具确定性,很少有散文作家能像他那样一丝不苟地精确记录下头脑中闪过的奇思妙想。他故意留下了精心设计的空白、分歧、悬置的判断和游移的方向，以便让读者有充足的空间来参与思维的锻炼。渗透进《随笔集》的伦理意图就在这样的背景下发展起来。蒙田的相对主义不是被动的中立：它强迫你形成自己的立场，引导你不断重新思考。

这毫无疑问是《随笔集》如此难以分类的原因。蒙田也意识到它是一个独特门类的唯一成员。他在《论父子情》（Ⅱ.8）中如此说道："这是世界上唯一一种这样的书，在构思上既狂野又华丽。"这一论断一直是真的。它既不完全属于文学，也不完全属于哲学，在二者之间游移不定。它在历史意义上也是矛盾的，一方面它带有书写它的时代和文化的印记，另一方面如果我们仔细聆听，它的声音惊人地新鲜，而且与我们的自身关切相勾连。它借鉴了许多著名的资源，并且对帕斯卡、尼采（Nietzsche）、安德烈·纪德（André Gide）、弗吉尼亚·伍尔夫（Virginia Woolf）等后世作家与思想家产生巨大影响。这样广泛的影响只能由其将注意力从内容转向思考方法的独特写作观念来解释。它邀请读者进行他或她自己的思想实验。因此，《随笔集》在西方经典中的地位是特殊的，总是徘徊在边缘，总是在等待新的诠释。

p.116

在我们的时代，人们已经可以看出进一步解读的框架了，即探索在蒙田写作中运用的认知策略。通过强调《随笔集》中记录思想的语言机制，我已经打开这一可能性的窗户。如果一个人以认知框架为参考来阅读他的书，那么我也展示了蒙田提出的具体问题——伦理、自我、交流和诠释——如何可能找到新的答案。如果蒙田试图向我们发送某种信号，一定是这种信息：如何构建一种既精确又灵活，心理上既精致又实用的思维工具。无论如何，无论《随笔集》走向何方，只要蒙田的著作还在继续激励读者发现能够利用其无与伦比的内容的全新方法，那么他对理想朋友的寻求，对懂得倾听的读者的寻求，便不会失败。

注　释

1   路德维希·维特根斯坦（Ludwig Wittgenstein），《哲学研究》（*Philosophical Investigations*），II.xi。

2   卢坎（Lucan），《法沙利亚》（*Pharsalia*），IV.704。

3   关于《随笔集》中的隐喻，参见Carol Clark, *The Web of Metaphor: Studies in the Imagery of Montaigne's Essais* (Lexington, KY: French Forum, 1978)。

4   这里不可能进一步评论蒙田在本章中表达的教育观点，仅关注其中一个关键方面：他认为教育的恰当目标是训练判断力，不是记忆力；为达到这一目标，所有形式的经验都有同等价值。因此受教育也成了一种写作《随笔集》的模式，因为它优先关注"方法"而不是"内容"，关注启发和认知的自我调整而不是事实和哲学立场的阐述。另见下文第73页。

5   参见Ann Moss, *Printed Commonplace-Books and the Structuring of Renaissance Thought* (Oxford: Oxford University Press, 1996)。

6   德西德里乌斯·伊拉斯谟（Desiderius Erasmus）（1466？—1535）是北欧人文主义的天才。他以温和但具有开创性的宗教改革者的身份而闻名。他写了多部著作，试图恢复拉丁文写作的雄辩力。其中一些是关于写作技巧与策略的手册，其他的则是从古代经典著作中摘取的材料汇编：其中就有《格言》（*Adage*），这本书在他晚年出版了很多版本。

7   要仔细了解蒙田是如何把引用部分融入自己的写作的，参见Mary B. McKinley, *Words in a Corner: Studies in Montaigne's Latin Quotations* (Lexington, KY: French Forum, 1981)。

8   参阅我的研究 *The Cornucopian Text: Problems of Writing in the French Renaissance* (Oxford: Clarendon Press, 1979), I.1–2 (also II.4, on Montaigne)。

9   参见下文，第八章，关于这一主题的详细论述。

10 贺拉斯（Horace），《诗歌艺术》（*The Art of Poetry*），第4行。

11 关于早期现代的怀疑论历史的经典著作：Richard Popkin, *The History of Scepticism from Savonarola to Bayle* (New York: Oxford University Press, 2003)。这本书仍然是这一主题不可缺少的指南。但是由法国学者伊曼纽

尔·奈亚（Emmanuel Naya）发现的新证据表明，皮浪主义在艾蒂安（Estienne）翻译塞克斯都·恩披里柯的时期［这是波普金（Richard Popkin）的观点］之前，就已经广为流传了。

12 在这一章的最后一页，他把这一段文字说成是"一个异教徒最虔诚的结论"；这一段是对普鲁塔克的引用，并通过其他内容的借用丰富了它。

13 皮浪自己的书面作品（如果有的话）没有流传下来。古希腊哲学家塞克斯都·恩披里柯的著作是皮浪派怀疑论的唯一来源。

14 包括"我知道什么？"这句格言也经常被认为刻在了徽章上。但是事实并非如此，天平图案与格言一起出现只是在《辩护》的文本中。

15 参见下文，第47–49页。

16 在《随笔集》中这些表达的作用由 Kirsti Sellevold 详细地研究过，我借鉴了她的观点（她的著作目前只有法语版本）。

17 参见《辩护》中所引段落，第34–35页。

18 关于加图，参见《论残忍》（II.11）。关于伊巴密浓达，参见《论最优秀的人》（II.36）。

19 关于文艺复兴后期的"典范危机"（crisis of exemplarity）和蒙田在其中的作用，参见 John Lyons, *Exemplum: The Rhetoric of Example in Early Modern France and Italy* (Princeton: Princeton University Press, 1989), Timothy Hampton, *Writing from History: The Rhetoric of Exemplarity in Renaissance Literature* (Ithaca and London: Cornell University Press, 1990)。

20 另见下文，第114页。

21 我使用"教会"一词指整个西方（天主教）教会。在这一时期，异端信仰和运动不会被击败，或者异端会被吸收进多元化的宗教体系的可能性才刚刚开始出现。换句话说，我们现在所知的宗教改革现象在当时还不是既成事实。

22 也被称作玛格丽特·德瓦卢瓦，是亨利二世的女儿，亨利三世的妹妹。不要把这个玛格丽特与著名的《七日谈》（*Heptameron*）的作者相混淆，后者是弗朗索瓦一世的姐姐，并死于1594年。这一章中所指的"公主"是匿名的，但是由于玛格丽特的地位和蒙田与纳瓦拉家族的关系，使得这一身份几乎是确定的。蒙田在波尔多的家与位于法国、西班牙边境的纳瓦拉王国的距离，大致等于到法国首都的距离。

23 帕斯卡，《思想录》，559段［我使用的是菲利普·塞勒耶（Philippe Sellier）

版本中的编号，这是牛津世界经典名著系列中，奥诺·李维（Honor Levi）在翻译时所遵循的］。《思想录》是一系列不完整手稿的集合，其目的是为基督教辩护，直接针对当时的自由思想家。当帕斯卡1662年去世时，这部作品仍旧没有完成。在他生命的后期，他接手了詹森派教徒的事业。詹森派极端严峻的神学立场（特别是在恩典问题上）被认为是与新教教义相似。

24 这些拉丁文的意思分别是"米歇尔·德蒙田，来自法国的加斯科尼，皇家骑士"；"弗朗索瓦兹·德拉·夏塞涅，他的妻子"；"莱昂诺尔·德蒙田，他唯一的女儿"。

25 参见《论自命不凡》（Ⅱ.17）后半部分以及接下来的一章《论揭穿谎言》（Ⅱ.18）。

26 参见下文，第83–84页，了解整篇序言。

27 第二个词的字面意思是"光荣的（honourable）"，但是这暗示行为是由"荣誉（honour）"支配的。这种行动标准至少部分依赖于我们想要在公众面前表现良好的愿望，而不是绝对的道德标准。蒙田指的是后者。

28 参见 Quentin Skinner, *Machiavelli* (Oxford: Oxford University Press, 1981), p. 54。

29 法语短语 "ma forme universelle"［字面意思是"我的一般形式（my universal form）"］，提供了"形式（form）"一词在本章中的又一变体。关于蒙田对这个词的使用，另见注释31。

30 这一段应该与《辩护》结尾部分类似的姿态相比。蒙田认为人类不可能超越自己的人性，除非通过神的干预："如果上帝伸出援手，他才会上升。他只有通过放弃自己的方式，只通过神圣的方式来前进，才能更上一层。[C] 渴望那神奇妙的变化，只用通过我们的基督教信仰，而不是［塞涅卡］斯多葛派的美德。"

31 "形式（form）"一词在经院哲学中指一事物的理念，是与事物自身相对的精神概念。很明显，蒙田使用这一技术性词汇，出于自己灵活的目的（另见下文第117页和注释50）。

32 法语词 "âme" 在这里翻译为"灵魂（soul）"，用来指记忆、理性和想象所在的非物质领域，当然也是所有思想和感觉的所在。现代英语中的"灵魂"一词的精神和宗教含义在这里是不相关的。

33 我在这里用"有用的（useful）"和"体面的（decent）"来翻译法语词 "utile" 和 "honneste"，而在翻译第三卷第一章标题时，用了"权宜之计（expe-

dient)"和"道德（moral）"来翻译这两个词。这是因为在整个章节中占支配地位的政治意涵在这句话中是不合适的。然而，这句话精确地反映出这两个词之间的对立，并且断言了区分二者的关键标准，这与马基雅维利不强调这种区分的做法相反。

34 参见《论阅历》最后几页的这段话："当我知足时，我仔细思索，不一掠而过。我探测它，说服我那对一切都失去兴趣的忧郁的理性接受它。我是不是心态平静呢？是不是有什么快感唤醒了我呢？我不会让我的感觉带走它，我让我的灵魂接受它，不是为了成为快乐的奴隶，而是去调节它，不是迷失其中，而是发现自我。我让我的灵魂在这愉悦之中认清自己，去衡量、估算和扩大我的幸福。"（"灵魂"一词的意义参见注释32）。关于《随笔集》作为一种治疗蒙田的"忧郁"的疗法，参见 M. A. Screech, *Montaigne and Melancholy: The Wisdom of the Essays* (London: Duckworth, 1983)。

35 维吉尔（Virgil），《埃涅伊德》（*Aeneid*），Ⅵ.114。

36 蒙田在第三卷第九章引用了授予他罗马公民身份的教皇诏书的全文。正如他承认的，他对这一荣誉无比自豪。但是这一荣誉也是虚无的追名逐利的野心的一个例证。法语词"bulle"有上文的"教皇诏书"的意思，也有"泡沫"的意思。这种双关语很难认为是无意的，在早期现代的宗教和道德写作中，泡沫是无常世界的标准形象。

37 它出现在日记前面的部分，由一位仆人写下（蒙田后来亲自接手）。因为蒙田以第三人称单数被提及，所以日记不是单纯口述而成。虽然搞清楚日记创作的确切过程是不可能的，但是人们可以假设蒙田看过并许可了所有的篇目，即使仆人在有些篇目中加进了自己的观察和思考。

38 列维-施特劳斯的《野性的思维》（*The Savage Mind, La Pensée sauvage*）的标题呼应了蒙田对法语词"sauvage"的两层意思的讽刺性发挥［"野蛮的（savage）"和"野生水果（wild fruit）"中的"野生的（wild）"］。

39 虽然蒙田没有提到名字，但具体来说是生活在现今巴西沿岸的图皮南巴人（Tupinamba）。尽管蒙田说他的仆人是信息的来源，但是他很大程度上也离不开法国新教探险家让·德莱利（Jean de Léry）的旅行日记。

40 大约三十年后，莎士比亚在《暴风雨》（Ⅱ.1）中引用了这段话来描述一种理想的联邦。这一引用为莎士比亚知道《随笔集》提供了可信的证据，他可能看过弗洛里奥（Florio）1603年的译本。

41 根据现代之前主导西方的医学理论，"体液"一词指的是决定个人人格的特质（多血质、胆汁质、黏液质、抑郁质）间的平衡。参照 Ben Jonson's *Every Man in his Humour*。

42 佩尔西乌斯（Persius），IV.23。

43 在并列结构中，从句被省略，命题之间仅通过并列连词，比如"并且（and）"连接。

44 《思想录》，644段。笛卡尔在他著名的公式"我思故我在"之后使用了短语"这个自我，就是灵魂"（参见注释59）。

45 参见第二卷第三十七章《论父子相像》。

46 我在这里把两个片段放在一起，它们实际上相隔不止一页。

47 原文的效果比我的译文更好："[je me fusse] fié à luy de moy qu'à moy."。

48 骑马事故的记忆只影响了局部的叙事，对于《随笔集》的整体结构并没有太大作用。关于反对自我（或人生）与叙述方式必然相互依赖的有力论证，参见 Galen Strawson, 'A fallacy of our age. Not every life is a narrative', *Times Literary Supplement* (15 October 2004), pp. 13-15, 这篇文章的完整版本发表在 *Ratio* (December 2004)。

49 约翰·洛克，《人类理解论》（*Essay Concerning Human Understanding*），第二十七章，第九部分。

50 在这里我按字面意思翻译了 forme 一词，以便与III.2中出现的这一词的变体相呼应。在这种情况下，更符合习惯的翻译应该是"模式（pattern）"。

51 关于这个问题的透彻和新颖的探索，参见 George Hoffmann, *Montaigne's Career* (Oxford: Clarendon Press, 1998)。

52 我在这里转述了西塞罗《论义务》（*De officiis*）中的一句话，蒙田在他的论证的关键点上逐字引用了这句话。我用指示男性的人称代词指称对话者，因为正如III.3中对社会"交往"类型的区分，蒙田认为这种交谈只存在于男人之间。

53 这两个事件都在III.12（《论面相》）的结尾被详述。

54 蒙田在这里指的不是现代的网球，而是"室内网球（real tennis）"，一种在密闭的有屋顶的空间内进行的游戏。

55 在第三卷第五章（《论维吉尔的几句诗》）的一段精彩文字中，蒙田想起了在手边没有地方写作时，他的思想之流不断消散的场景。但是人们注意到，首先，他已经记录下了这种状态；其次，该段文字中孤独的骑手或沉睡者都是一个当下的个体，无论在空间的意义上，还是在时间的意义上：
"我的心灵让我不悦的是，在我最不经意的时候，会产生最深刻、最狂野，
也是我最喜欢的想法。因为我找不到地方写下它们，它们很快就消失了。
在马背上、在餐桌上、在床上，尤其在马背上，我可以尽情地思考……在
这种情况下发生的事情和在做梦时发生的一样，当我做梦时，我提醒自己
记住我的梦（我乐意梦想我在梦中），但是第二天早上，虽然我能想起梦
的色彩，快活的、悲伤的、奇怪的。但是我越想记起其他的方面，就忘得
越干净。同样的，那些在我头脑中偶然出现的想法，最终也只剩下空洞的
轮廓，让我在徒劳地追逐过后，只剩下自我折磨。"

56　成立于十七世纪三十年代的法兰西学术院为语言的正确使用创立标准。它
现在仍试图发挥这一作用。

57　"乳糜化（Chylifying）"意味着变成助消化的液体，蒙田毫无疑问会喜欢
这个隐喻。

58　见上文第18页和40页，也参见第15页。

59　这句话的传统翻译"我思故我在"严格来说是不正确的：是当下思考的时
刻，而不是思考的能力证明了主体的存在。

60　特别参见 Charles Taylor, *Sources of the Self: The Making of Modern Identity*
(Cambridge: Cambridge University Press, 1989), pp. 178-184.

61　让-雅克·卢梭（Jean-Jacques Rousseau），《一个孤独漫步者的遐想》　p.123
(*The Reveries of the Solitary Walker*)，漫步之一。

62　当然在更早的时期存在人生-叙事（life-narratives）（本韦努托·切利尼的
作品是十六世纪最著名的代表），但是这些作品优先关注的是外部事件和
行动。它们只是偶尔，如果有的话，关注主观自我。

63　Stephen Toulmin, *Cosmopolis: The Hidden Agenda of Modernity* (Chicago:
University of Chicago Press, 1992)；另见下文"进一步阅读的建议"中
科林·伯罗（Colin Burrow）的评论。

64　参见下文"进一步阅读的建议"。

65　《思想录》，568段。

年表

1533	蒙田出生于一个刚成为贵族的富裕商人家庭，这个家族在法国大西洋沿岸的波尔多经营出口贸易。他的母亲来自信仰基督教的富裕的西班牙犹太人家庭。一位不会说法语的德国教师被指派给小蒙田，只和他用拉丁语交流。
1539—1546	进入波尔多著名的吉耶讷学院（Collège de Guyenne），师从著名的人文主义者，比如布坎南（Buchanan）和穆莱（Muret）。
1549	学习法律，可能是在图卢兹（Toulouse）。
1554	被任命为佩里格（Périgueux）地方法院的推事。1557年，这个法庭被并入波尔多最高法院，蒙田成为其中的一员。
1557—1558	与艾蒂安·德拉博埃西建立友谊。
1559	去巴黎，并陪同弗朗索瓦二世（Francis II）去巴勒杜克（Bar-le-Duc）。
1561	再次去巴黎，住了十八个月，活跃于宫廷。
1562	作为最高法院的一员——有资格参与法国所有法院的会议——与巴黎的其他最高法院成员一起宣誓效忠天主教。随国王的军队一道去鲁昂（Rouen）并遇见了巴西土著人。亨利·艾蒂安（Henry Estienne）翻译的拉丁语版塞克斯都·恩披里柯的《皮浪主义概要》出版。
1563	返回波尔多。拉博埃西去世。
1565	与最高法院的另一位成员的女儿弗朗索瓦兹·德拉·夏塞涅（Françoise de la Chassaigne）结婚。
1568	他的父亲皮埃尔·埃康（Pierre Eyquem）去世。蒙田继承了相应的头衔和财产。
1569	出版了雷蒙·赛邦（Raimond Sebond）的《自然神学》（*Natural Theology*）的译本。在大约1567至1570年（可能接近这段时间末期），发生了几乎致命的骑马事故。
1570	他辞去波尔多最高法院的工作，去巴黎出版拉博埃西的拉丁文诗歌和译著。
1571	在38岁生日时，他宣布了退休的决定。被任命为米迦勒勋位团骑士。查理九世任命他为王宫内侍。女儿莱奥诺（Leonor）出生，是六个女儿中唯一存活下来的。
1571—1572	撰写了《随笔集》最早的章节。
1572	圣巴托罗缪大屠杀（Massacre of St Bartholomew's Day）。雅克·阿米欧（Jacques Amyot）翻译的普鲁塔克的哲学随笔出版。
1576	制作了一枚徽章，一面有蒙田家族纹章，另一面有天平的形象，其上

	还刻有希腊词epecho（我悬置判断）。《为雷蒙·赛邦辩护》的大部分可能创作于这段时间。在蒙田书房的椽子上题写有来自《圣经》和古代哲学家的名句。
1577	被新教徒纳瓦拉的亨利国王任命为王宫内侍。
1578	肾结石首次发作，这将折磨他的余生。
1580	两卷本的《随笔集》第一版在波尔多出版。前往巴黎，将《随笔集》送给亨利三世，亨利三世欣然接受。在费尔的围攻中（the siege of La Fère），一个朋友被杀。他与一个兄弟和另一个朋友踏上了前往意大利的旅程。途径巴塞尔（Basel）、奥格斯堡（Augsburg）、因斯布鲁克（Innsbruck）、威尼斯（Venice）和佛罗伦萨（Florence），并于十一月三十日到达罗马。他的书被审查员带走审查。觐见教皇。
1581	他的书被还回来。审查员礼貌地要求他修改《随笔集》中的几处叙述。离开罗马去洛雷托（Loreto），在那里他代表自己、妻子和女儿向圣母玛利亚献祭。为了减轻肾结石的痛苦喝了在卢卡（Lucca）和其他地方的水。得知他当选为波尔多市长。第二次短暂访问罗马后，于十一月三十日回家就职。
1582	《随笔集》第二版出版，相较第一版有一些增添和修改。
1583	再次当选波尔多市长，第二任期从1584年开始。
1584	新教徒纳瓦拉的亨利（在法国国王仅有的弟弟去世后，继承了法国王位）拜访了蒙田。
1584—1585	在纳瓦拉的亨利与马蒂尼翁（Matignon）元帅（亨利三世任命的吉耶讷总督）之间斡旋。
1587	《随笔集》首次在巴黎出版。纳瓦拉的亨利第二次拜访蒙田。
1588	去巴黎出版《随笔集》的第四版，这一版包含一卷新书和对前两卷书的补充。开始了与玛丽·德古尔内（Marie de Gournay）小姐的友谊，她后来成为蒙田的"义女"。被极端天主教联盟囚禁在巴士底狱几个小时，被凯瑟琳·德美第奇（Catherine de Médicis）王太后下令释放。花了几个星期去拜访在皮卡迪（Picardy）的古尔内小家一家。
1589	亨利三世去世。宗教战争的最后阶段开启，并在纳瓦拉的亨利公开皈依天主教（1593），亨利四世之后结束。
1590	吉罗拉莫·纳塞利（Girolamo Naselli）翻译的意大利文版《随笔集》出版。
1592	蒙田去世。

1595	玛丽·德古尔内编辑的《随笔集》在蒙田死后出版。这一版包括对1588年版（现在被称为波尔多版本）和其他版本的许多更正和补充。其真实性是有争议的。
1597	弗朗西斯·培根出版第一版《随笔集》。
1603	约翰·弗洛里奥（John Florio）的《随笔集》译本第一版出版。
1633	马可·基那米（Marco Ginammi）翻译了《随笔集》的第二个意大利文译本。
1640	《随笔集》被西班牙列为禁书。
1674	《随笔集》被罗马列为禁书。
1774	蒙田的旅行日记出版。这本日记由德普吕尼神父（Abbé de Prunis）在蒙田城堡发现，由默尼埃·德盖隆（Meusnier de Querlon）编辑（随后手稿就不见了）。

拓展阅读

对于想要扩展关于蒙田知识的读者来说，首先要做的就是亲自读《随笔集》。最容易获得的译本就是企鹅经典系列（《米歇尔·德蒙田随笔集》，斯特里奇翻译，*The Essays of Michel de Montaigne*, translated by M. A. Screech, London: Penguin Books, 1991），其中也包含了丰富的背景介绍和学术评论。一个不错的替代选择是唐纳德·弗雷姆翻译的《蒙田全集》(*The Complete Works of Montaigne*, translated by Donald Frame, London: Everyman's Library, 2003)。这本书的优点是包含了旅行日记和信件。熟悉伊丽莎白时期英语的读者应该尝试约翰·弗洛里奥（John Florio）的十七世纪早期的译本，遗憾的是它的现代版本还没有出版。然而它出现在 Everyman 系列中（首次出版在1910年），因此可以在图书馆中找到。对阅读篇目进行初步筛选的方法是阅读在本书中引用过的章节的全文（比如 I.8，I.20，I.23，I.26，I.28，I.31，I.56，II.5，II.6，II.12，II.17，III.1，III.2，III.5，III.8，III.9，III.12），尤其是第三卷第十三章，即最后一章，这是对蒙田很多话题的总结。但是《随笔集》的每一章都有价值，人们可以在意想不到的地方获得有趣的东西。

对于把《随笔集》放在广阔的欧洲文化背景下来理解的读者，读与《随笔集》相关的重要著作，比直接读评论文章要更有帮助。其中的大多数都有现代英语译本。在经典著作中，普鲁塔克的道德论文和塞涅卡的书信是很重要的，因为蒙田承认它们是首要的典范。除此之外，还可以加上西塞罗的哲学对话，比如《论义务》(*De officiis*)（关于政治和伦理问题）和《学园派哲学》(*Academica*)（关于怀疑论思想）。作为人生-写作，《随笔集》应该与圣·奥古斯汀和卢梭的《忏悔录》一起阅读。马基雅维利的《君主论》和帕斯卡的《思想录》在政治与道德的领域有重要的参考价值。笛卡尔的《谈谈方法》和洛克的《人类理解论》以不同的方式回应了蒙田的哲学思想。说英语的读者很可能想读培根的《随笔集》，而思考蒙田与莎士比亚的写作方法——虽然二者不同，但同属于一个时代——也是有收获的。从现代的视角来看，弗吉尼亚·伍尔夫（Virginia Wool）关于蒙田的短文——首次出版于1924年，但是在很多现代文集中也能找到——仍旧是新鲜和中肯的。

由乌烈芝·兰格（Ullrich Langer）编辑的《剑桥蒙田指南》(*The Cambridge Companion to Montaigne*, Cambridge: Cambridge University Press, 2005) 构思精巧，内容新颖，包含了顶尖的蒙田学者们的成果。用英语写成的最好的蒙田导论是皮特·伯克（Peter Burke）的《蒙田》(*Montaigne*)，收于过去的大师系列（Oxford: Oxford University Press, 1981）。理查德·赛斯（Richard Sayce）的《蒙田的随笔：一个批判性的探究》(*The Essays of Montaigne: A Critical Exploration*, London: Weidenfeld & Nicolson, 1972) 提供了更具实质性论述。由麦克法拉尼（I. D. McFarlane）和尹恩·麦克莱恩（Ian Maclean）编辑的《蒙田：理查德·赛斯记忆中的随笔》(*Montaigne: Essays in Memory of Richard Sayce*, Oxford: Clarendon Press, 1982) 则包含了对关键问题的一系列观点。读者应该注意的是，在后两本书中，出自《随笔集》的引文都是用法语给出的（许多在这

或注释中提到的其他研究也是如此)。

雨果·弗里德里希(Hugo Friedrich)的经典著作《蒙田》(*Montaigne*)——由多恩·英格(Dawn Eng)翻译(Berkeley: University of California Press, 1991;1949 年在德国首次出版)——是基于一个关于文艺复兴时期的人文主义及其内涵的老旧观点而写成的,但是分析精巧连贯,仍旧值得一读。同一时期的另一个欧洲主要评论家的研究是让·斯塔罗宾斯(Jean Starobinski)的《变动中的蒙田》(*Montaigne in Motion*),由亚瑟·戈德哈默(Arthur Goldhammer)翻译(Chicago: University of Chicago Press, 1985;1982 年首次在法国出版)。唐纳德·弗雷姆(Donald Frame)的《蒙田对人的发现:一个人文主义者的人性化》(*Montaigne's Discovery of Man: The Humanization of a Humanist*, New York: Columbia University Press, 1955)提供了有关《随笔集》演化的审慎又丰富的解释,并仔细地概括了皮埃尔·维里(Pierre Villey)将这一过程分成三个阶段的有点僵化的划分(大致来说斯多葛派、怀疑论、伊壁鸠鲁派)。唯一一本完整的英文蒙田传记是唐纳德·弗雷姆的《蒙田:传记》(*Montaigne: A Biography*, New York: Harcourt, Brace and World, 1965)。理查德·莱戈辛(Richard L. Regosin)的《我的书:作为自我之书的蒙田随笔》(*The Matter of My Book: Montaigne's Essais as the Book of the Self*, Berkeley: University of California Press, 1977)探讨了蒙田的写作与生活的关系。自此之后,许多作者写过这一主题,但是还没有哪个英语研究提供如此广泛的论述。

对作为哲学家的蒙田感兴趣的读者,安·哈特尔(Ann Hartle)的《米歇尔·德蒙田:偶然的哲学家》(*Michel de Montaigne: Accidental Philosopher*, Cambridge: Cambridge University Press, 2003)提供了一种视角,这种视角是通过对蒙田写作中包含的思想传统,以及对蒙田写作方式自身的深入研究而得来的。科林·伯罗在一篇对哈特尔的精辟书评中称赞了这一方法,但仍然认为,她和其他哲学家也许"会从文学批评中学到比她们意识到要多的东西"('Friskes, Skips and Jumps', London Review of Books, 25, no. 21 (6 Nov. 2003), p. 22)。对于关心随笔作为一种文体的未来与地位的文学理论家来说,克莱尔·德·奥巴迪亚(Claire de Obaldia)的《随笔精神:文学、现代批判和随笔》(*The Essayistic Spirit: Literature, Modern Criticism, and the Essay*, Oxford: Clarendon Press, 1995)提供了一个要求颇高,但令人激动的论述。对于精通法语的读者来说,安德烈·图农(André Tournon)的《另一条路:随笔的新的语言》(*Route par ailleurs: le 'nouveau langage' des Essais*)提供了关于蒙田独特而高度原创的运用语言和思维的方式的最新讨论。

当图农的书出版时,理查德·司格勒(Richard Scholar)的《蒙田与自由思考的艺术》(*Montaigne and the Art of Free-Thinking*, Oxford: Peter Lang, forthcoming)正在准备中。虽然方法不同,但是他也采纳了与图农相似的随笔概念,因此两本书可以看作是伴随研究(companion studies)。关于《随笔集》不同方面的阅读建议在注释中已经给出。

索 引
(原书页码)

Académie Française→法兰西学术院→p.108

Amyot, Jacques→雅克·阿米奥特→p.22

Aristotle (Aristotelian philosophy)→亚里士多德（亚里士多德哲学）→p.19, 24, 32-33, 34, 43, 66, 67, 90, 100

Augsburg→奥格斯堡→p.55

Augustine (Augustinian tradition)→奥古斯丁（奥古斯丁传统）→p.49, 112

Autobiography→自传→p.13, 16-17, 91, 94, 113

Bacon, Francis→弗朗西斯·培根→p.110

Bordeaux→波尔多→p.8, 61

Cato→加图→p.44

Censorship→审查制度→p.50, 75, 111

Charles IX, King of France→法国国王查理九世→p.78

Cicero→西塞罗→p.35, 61, 65, 90

Clouet, François→弗朗索瓦·克鲁特罗→p.85

cognition (cognitive approach)→认知（认知方法）→p.4-5, 44-45, 69-71, 94-95, 101-102, 104, 116

commonplaces→摘录→p.22-23

communication→交谈→p.70, 84, 97, 99, 102, 104, 107, 116

conscience→良知→p.58-71

conversation→对话→p.2, 70, 97-105

Cowley, Abraham→亚伯拉罕·考利→p.110

death→死亡→p.10-12, 14, 15-16, 25, 37, 44, 74, 76, 77, 89, 94

Descartes, René→勒内·笛卡尔→p.37, 87, 112, 113

Desportes, Philippe→菲利普·德斯波兹→p.87

Diogenes Laertius→第欧根尼·拉尔修→p.36

diplomacy→外交→p.54, 59, 102-104

education→教育→p.16, 19-20, 23-24, 42, 73, 93

Epaminondas→伊巴密浓达→p.44

Epicureanism→伊壁鸠鲁主义→p.37

Erasmus, Desiderius→伊拉斯谟·德西德里乌斯→p.23, 88

Estienne, Henri→亨利·艾蒂安→p.36, 49, 51

essais,→随笔→p.20-21, 25, 26, 28, 30, 33, 37, 38, 64, 68, 82, 87, 91, 93, 99, 100,

104, 109, 115

essays→随笔→p.3, 21, 110-111

ethics→伦理→p.2, 60, 61, 62, 65-70, 80,115, 116

example (exemplarity)→实例（示范性）→p.2, 19, 44-45, 62, 68, 69, 81, 91

experience→经验→p.5, 10, 12, 13, 14, 15, 25, 32, 44, 45, 47, 51, 55, 63, 68, 75, 77, 78, 89, 92, 93, 94, 96

family→家庭→p.1, 74, 84, 102, 105, 108

fantasy: see imagination→幻想：参见想象

first-person discourse→第一人称话语→p.42, 62, 73, 86-88, 89, 91, 96, 112

Florio, John→约翰·弗洛里奥→p.84, 110

form (forme)→形式→p.43, 61, 62, 66, 69, 93

Franciscan tradition→方济各教会传统→p.48

François d'Anjou→弗朗索瓦·德昂儒→p.53

free-thinking→自由思考→p.37, 57, 81, 111

friendship→友谊→p.74, 89-91, 94, 105, 107, 108, 109, 116

Gide, André→安德烈·纪德→p.115

Gournay, Marie de→玛丽·德·古尔内→p.109-110

Graffigny, Mme de→格拉芙妮夫人→p.80

Hartle, Anne→安妮·哈特尔→p.114

Henry, King of Navarre→纳瓦拉国王亨利→p.48, 53, 54, 55, 60, 61

Henry III, King of France→法国国王亨利三世→p.53, 54, 55, 61, 63

Heraclitus→赫拉克利特→p.43

Hervet, Gentian→赫里维特→p.49, 51

Horace→贺拉斯→p.28

humanists (humanism)→人文主义者（人文主义）→p.1, 3, 23, 32, 36, 88, 89, 100, 113

imagination (fantasy)→想象（幻想）→p.8-9, 68, 77, 81, 94

imitation→模仿→p.23-24, 88, 89

improvisation→即兴创作→p.20, 26, 88

Jansenism→詹森主义→p.50

La Boétie, Estienne de→艾蒂安·德拉博埃西→p.27-28, 89, 105, 109

Lamb, Charles→查尔斯·兰姆→p.21

letter (as genre, form of writing)→书信（作为文体，写作形式）→p.22, 25, 88

Lévi-Strauss, Claude→克劳德·列维-斯特劳斯→p.78

life-writing (see also autobiography)→生平–写作（另参见自传）→p.112-113

Ligue→神圣联盟→p.53, 54

Locke, John→约翰·洛克→p.92, 111

Loreto→洛雷托→p.56

Lucca→卢卡→p.56

Machiavelli, Niccoló→尼克罗·马基雅维利→p.61, 62

Marguerite, Queen of Navarre→纳瓦拉女王玛格丽特→p.48, 51, 53, 75

Memory→记忆→p.11-13, 92-93

metaphor→隐喻→p.2, 3, 14, 20, 24, 28, 30, 77, 85, 86, 87, 94, 97, 100, 104, 107

modalizing expressions→情态表达→p.41-42, 47, 55

Montaigne, Michel de→米歇尔·德蒙田

father→父亲→p.1, 20, 47-48

journey to Italy→意大利之旅→p.37, 50, 55-57, 74, 75-77

kidney stones→肾结石→p.56, 72, 76, 77, 89

library (tower)→图书馆（塔楼）→p.36, 97, 99

his life (events, episodes in)→他的人生（实践，插曲）→p.1, 8, 10-13, 15-16, 25, 36, 37, 47-48, 51, 54-57, 59, 60, 61, 74, 75-77, 78, 85, 89-90, 97, 99, 102-103, 109

wife and daughter→妻子与女儿→p.56-57

Montaigne, Michel de: Essais→米歇尔·德蒙田：《随笔集》

'To the reader'→致读者→p.10, 60-61, 83-85, 88

I.8（'On idleness'）→第一卷第八章《论闲散》→p.7-10, 12, 28, 38, 75, 109

I.20（'Doing philosophy is learning how to die'）→第一卷第二十章《做哲学就是学习如何死亡》→p.15-16, 25, 37

I.21（'On the power of the imagination'）→第一卷第二十一章《论想象的力量》→p. 68, 70

I.23（'On custom'）→第一卷第二十三章《论习俗》→p.52-54, 68

Montaigne, Michel de: -continued→米歇尔·德蒙田：续

I.25（'On teaching'）→第一卷第二十五章《论教育》→p.16

I.26（'On bringing up children'）→第一卷第二十六章《论养育儿童》→p.16, 18-20, 21-22, 23, 24, 25, 26, 73, 88, 110, 114

I.28（'On friendship'）→第一卷第二十八章《论友谊》→p.27-28, 89-91

I.31（'On the cannibals'）→第一卷第三十一章《论食人族》→p.77-82, 85, 111

I.40（'A reflection on Cicero'）→第一卷第四十章《对西塞罗的反思》→p.22

I.54（'On vain subtleties'）→第一卷第五十四章《论华而不实的技巧》→p.108

I.56（'On prayers'）→第一卷第五十六章《论祈祷》→p.46-47, 64

II.1（'On the inconstancy of our actions'）→第二卷第一章《论人的行为的变化无常》→p.66-67

II.5（'On conscience'）→第二卷第五章《论良心》→p.58-60

II.6（'On practising'）→第二卷第六章《论实践》→p.10-16, 75, 76, 89, 91

II.8（'On the affection of fathers for their children'）→第二卷第八章《论父子情》→p.1, 115

II.11（'On cruelty'）→第二卷第十一章《论残忍》→p.118

II.12（'Apology for Raimond Sebond'）→第二卷第十二章《为雷蒙·塞邦辩护》→p.31-32, 33-42, 43, 45, 47-51, 53, 81, 92, 110, 114

II.16（'On pride'）→第二卷第十六章《论荣誉》→p.16

II.17（'On presumption'）→第二卷第十七章《论自命不凡》→p.10, 16, 85, 86-87, 89, 108, 119

II.18（'On giving the lie'）→第二卷第十八章《论揭穿谎言》→p.119

II.31（'On anger'）→第二卷第三十一章《论愤怒》→p.70

II.36（'On the most excellent man'）→第二卷第三十六章《论最优秀的人》→p.118

II.37（'On the resemblance of children to their fathers'）→第二卷第三十七章《论父子相像》→p.121

III.1（'On the expedient and the moral'）→p.第三卷第一章《论权宜之计与道德》→p.61-62, 67-68, 103

III.2（'On repenting'）→第三卷第二章《论忏悔》→p.26, 43, 62, 63, 66, 70, 74-75, 77, 91-92, 93, 112

III.3（'On three forms of commerce'）→第三卷第三章《论三种交往》→p.96-97

III.4（'On diversion'）→第三卷第四章《论分心移情》→p.69

III.5（'On some lines from Virgil'）→第三卷第五章《论维吉尔的几句诗》→p.70, 85, 89, 90, 97, 109, 122

III.6（'On coaches'）→第三卷第六章《论马车》→p.26, 78, 79

III.8（'On the art of conversing'）→第三卷第八章《论交谈艺术》→p.2, 14, 97-102, 109

III.9（'On vanity'）→第三卷第九章《论虚空》→p.28-29, 44, 72-77, 89, 92, 106-108, 110

III.10 ('On husbanding one's will')→第三卷第十章《论意志的掌控》→p.70

III.11 ('On the lame')→第三卷第十一章《论瘸子》→p.26, 42

III.12 ('On physiognomy')→第三卷第十二章《论面相》→p.23, 24-25, 30, 44, 122

III.13 ('On experience')→第三卷第十三章《论阅历》→p.21, 43, 44, 68, 69, 70, 104, 120

Montaigne, Michel de: other works→米歇尔·德蒙田：其他作品

Letters→书信→p.54, 60

translation of Sebond,→赛邦的翻译→p.47-48

travel diary→旅行日记→p.55-57, 76-77, 79, 81, 89, 102

Montesquieu→孟德斯鸠→p.111

Narrative→叙事→p.11, 17, 64, 77, 88-89, 91-93, 112, 113

New World→新大陆→p.3, 4, 77-82

Nietzsche, Friedrich→弗里德里希·尼采→p.115

oral mode→口语模式→p.25, 88, 97, 98

paradox→悖论→p.39, 40-41, 100

Pascal, Blaise→布莱士·帕斯卡→p.50, 87-88, 114-115

passions (emotions, feelings)→激情（情感，感觉）→p.66, 67, 68, 69, 93, 101

Pico della Mirandola, Gianfrancesco→皮科·德拉·米兰多拉→p.49, 51

Plato (Platonism)→柏拉图（柏拉图主义）→p.33, 43-44, 78, 90, 99

Plutarch→普鲁塔克→p.22, 24, 33, 65, 114

politics→政治→p.61, 65, 74, 75, 78, 113

Politiques→政治→p.53

Poliziano, Angelo→安杰洛·波利齐亚诺→p.88

Pope→教皇→p.50, 56, 111

Protestants (Reformers, Reformation)→新教徒（改革者，改革）→p.27, 47, 48, 51-52, 53-54, 55, 59, 102

Pyrrho (Pyrrhonism)→皮浪（皮浪主义）→p.31, 33-36, 38-39, 40-42, 49, 50, 51, 77, 81, 92, 100, 112

quotations→引文→p.1-2, 13-14, 16, 17, 19, 22-23, 25, 33

Reformers, Reformation: see Protestants→改革者，改革：参见新教徒

register (record, etc., of thoughts)→记载、登记（思想的记录等）→p.9-10, 17, 38, 64, 87, 93, 94, 113, 115 relativism→相对主义→p.66, 67, 69, 81, 111, 115

religion→宗教→p.2, 3, 32, 33, 37, 46-57, 79, 88, 89, 102, 111, 113

Rembrandt→伦勃朗→p.86

repentance (penitence)→忏悔（赎罪）→p.55-56, 62-64, 65, 75, 112-113

Rome→罗马→p.50, 55-56

Rouen→鲁昂→p.78

Rousseau, Jean-Jacques→让-雅克 卢梭→p.111, 112-113

Sabunde, Raymond: see Sebond scepticism (see also Pyrrhonism)→雷蒙·赛邦：参见赛邦 怀疑主义（另见皮浪主义）→p.2, 32, 34, 36, 37, 38,40, 42, 48, 49, 50

scholasticism→经院哲学→p.24, 43, 100

Sebond, Raimond→雷蒙·赛邦→p.32, 47-48

self→自我→p.2, 4, 84-94, 96, 97, 112, 116

self-portrait→自我-画像→p.10, 84-86, 93, 94

self-reflection (self-study)→自我-反思（自我-研究）→p.14, 15, 17, 94

Seneca→塞涅卡→p.22, 23, 65, 114

sex→性→p.4, 9, 70, 85, 89, 90-91, 94

Sextus Empiricus→塞克斯都·恩披里柯→p.36, 38, 39, 42, 49

Shakespeare, William→威廉·莎士比亚→p.61, 73, 87, 121

Socrates (Socratic)→苏格拉底（苏格拉底式）→p.34, 44, 98, 102, 104

Stoicism→斯多葛派→p.16, 34, 37, 44, 66

time→时间→p.9, 13, 16, 86, 91-93, 107, 108

tolerance→容忍→p.4, 53, 55, 57

torture→酷刑→p.60, 81

Toulmin, Stephen→斯蒂芬·图尔敏→p.113

travel→旅行→p.2, 72-82, 92, 94, 97

Urbino→乌尔比诺→p.99

vanity→虚荣→p.75, 107

Villey, Pierre→皮埃尔·维里→p.37

Voltaire→伏尔泰→p.50, 80, 111

war→战争→p.61

wars of religion→宗教战争→p.3, 8, 12, 51, 53-54, 59, 60, 63, 74, 80-81, 102, 103

Wittgenstein, Ludwig→路德维希·维特根斯坦→p.3-4

Woolf, Virginia→弗吉尼亚·伍尔夫→p.115

图书在版编目（CIP）数据

如何阅读蒙田 /（英）特伦斯·凯夫（Terence Cave）著；见雷译. -- 重庆：重庆大学出版社，2022.12
（大家读经典）
书名原文：How to Read Montaigne
ISBN 978-7-5689-3381-0

Ⅰ.①如… Ⅱ.①特… ②见… Ⅲ.①蒙台涅（Montaigne, Michel Eyquem Seigneur de 1533–1592）—随笔—文学研究 Ⅳ.①I565.076

中国版本图书馆CIP数据核字（2022）第155666号

如何阅读蒙田
RUHE YUEDU MENGTIAN

[英]特伦斯·凯夫（Terence Cave） 著
见　雷　译

策划编辑：姚　颖
责任编辑：姚　颖
责任校对：王　倩
装帧设计：Moo Design
责任印制：张　策

重庆大学出版社出版发行
出版人：饶帮华
社址：（401331）重庆市沙坪坝区大学城西路21号
网址：http://www.cqup.com.cn
印刷：重庆俊蒲印务有限公司

开本：890mm×1240mm　1/32　印张：6.5　字数：132千
2022年12月第1版　2022年12月第1次印刷
ISBN 978-7-5689-3381-0　定价：52.00元

本书如有印刷、装订等质量问题，本社负责调换
版权所有，请勿擅自翻印和用本书制作各类出版物及配套用书，违者必究

版贸核渝字(2021)第103号

Originally published in English by Granta Publications under the title *How to Read Montaigne*, copyright © 2007 by Terence Cave.

Terence Cave asserts the moral right to be identified as the author of this work.